L'ALBUM DE FAMILLE

DU MÊME AUTEUR

Aux Éditions Grasset

LA MAISON DES CHAMPS.

Aux Éditions Albin Michel

LE TEMPS DES INNOCENTS.
LA NOTAIRESSE.
LA DEMOISELLE DE GRANDE VERTU.
CAR DÉJÀ LE JOUR BAISSE.

Aux Éditions Balland

LA DÉPÊCHE.

Aux Éditions Calmann-Lévy

LES PATAPHARIS.
LES DEMOISELLES SOUS LES ÉBÉNIERS.
L'ÉTÉ JAUNE.
LA VILLE SUR LA MER.
MÉCHAMMENT LES OISEAUX (Prix Cazes 1972).
LA TERRASSE DES BERNARDINI (Prix Renaudot 1973).
MIROIRS D'ÉDMÉE.
LES FEMMES DE LA PLUIE.
LES DIMANCHES.
LE VOYAGE AUX SEYCHELLES.
LES AMIES DE CŒUR.
LE PRÉ AUX NARCISSES.
LE DIT DE MARGUERITE.
LA PETITE TONKINOISE.
AU MERCURE DE FRANCE.
LA PETITE BOUTIQUE.
LE RAPIDE PARIS-VINTIMILLE.
LE SIGNE DE FANNY.
LES AMIS DE MONSIEUR PAUL.

Aux Éditions Ramsay

MAURIAC ET LA JEUNE FILLE.

SUZANNE PROU

L'ALBUM DE FAMILLE

roman

BERNARD GRASSET
PARIS

A-t-elle pensé à ses arrière-petits-enfants qui feuilletteraient un jour l'album où son portrait figurerait dans un cadre cerné d'or? S'est-elle demandé ce qu'ils penseraient d'elle, la mère, la doyenne de la famille? Elle était sûre qu'elle ferait bonne figure, et que ses descendants ne laisseraient pas de l'admirer : droite, digne, avenante, avec un soupçon de condescendance, riche de ses ornements, de sa toilette d'apparat.

Elle ne savait pas – comment aurait-elle osé l'imaginer? – que sa famille à venir la vendrait avec l'album doré sur tranche, et qu'elle échouerait chez un marchand de bric-à-brac parmi les vieilles lampes et les vases dépareillés.

C'est pourtant là que nous l'avons découverte, un jour que nous chinions sans enthousiasme au marché aux puces. Il y avait d'autres albums, vides ceux-là, offrant des fenêtres où placer tant bien que mal nos propres photographies qui jamais n'auraient la poésie de celles d'autrefois, collées sur carton dur, en place pour l'éternité.

Les coins de l'album étaient à peine râpés, la page de garde revêtue de moire écarlate, le fermoir d'argent tenait bien, l'or des tranches était sans défauts. Sur la couverture de cuir un monogramme figurait un *M* et un *O* entrelacés et tarabiscotés.

Et toute la famille se tenait là, comme à la parade. Parfois, d'une écriture maladroite qui jurait avec la dignité de la page, était inscrit un nom, noté à la va-vite, sans respect pour les images déjà anciennes : Annie Anorée, Valentine, Clotilde, Mon oncle Augustin de Sainte Opportune, Famille du Coudray, Arthus, Henri, Suzanne... Mais pour la dame qui occupait la première page : il n'y avait rien. Comment s'appelait-elle, cette femme vieillissante et superbe? Était-elle une bourgeoise riche qui menait la vie dure à ses domestiques et régentait sa maison d'une main de fer, ou une personne issue de la noblesse provinciale? Elle s'appelait Césarine peut-être, ou bien Julie, ou bien Honorine. J'aimerais savoir où elle vivait, quel paysage elle contemplait quand elle se tenait droite devant sa coiffeuse et que sa femme de chambre brossait ses longs cheveux avant de les relever en couronne au-dessus de son front.

Autour de sa maison cossue qui donnait sur la place devait s'étendre un jardin bien entretenu, avec des parterres bordés de buis. Au printemps les premiers narcisses trouaient l'herbe au pied du grand chêne qu'un aïeul avait planté. L'été foisonnaient des grappes de roses anciennes, et quand l'automne jonchait le sol de feuilles rousses, elle disait : il ne faudra pas oublier de dire au jardinier de passer le râteau. Alors, quand les tas odorants de feuilles ponctuaient le jardin, quand on y avait mis le feu, une fumée montait, une brume tremblait au-dessus des allées, une odeur se répandait, venait jusqu'aux narines de Césarine. C'était la senteur même de l'automne. L'hiver, Césarine n'aimait pas les branches noires dont certaines venaient taper contre les vitres. Elle se retirait près de la cheminée, elle ordonnait qu'on allumât un bon feu, vers lequel elle tendait ses mains chargées de bagues, son buste réchauffé par un grand châle de la Compagnie des Indes et dont les dessins de couleur auraient fait rêver tout autre qu'elle. Mais elle, Césarine, ne rêvait pas. Ou alors c'était de récoltes, de vendanges, de raisin. Pourquoi pas? J'ai envie de l'imaginer dans le midi de la France, dans un pays de vignobles dont elle surveillait jalousement la production et l'entretien. Le phylloxéra n'avait pas encore atteint ses domaines, la vigne rapportait assez pour qu'elle pût maintenir son train de vie, acheter quelques actions chez le notaire, dont les grandes images évoquaient des pays lointains, la Chine, la Russie... Elle agrandissait aussi ses richesses, son domaine, acquérait des bois, des prés...

Elle était veuve depuis longtemps ; son mari, épousé sans passion, parce qu'une jeune fille doit se marier, ne lui avait jamais manqué. Elle aimait être la reine incontestée de ses richesses. Dans le village on l'appelait avec déférence Madame Césarine. Ses fils étaient encore à l'université et elle se gardait de leur parler de ses affaires.

Outre ses vignes et son portefeuille d'actions, elle possédait quelques pâturages qu'elle louait, puis des collines couvertes de pins dont la coupe, chaque année, lui rapportait gros. Est-ce qu'elle aimait ces arbres dont les troncs droits évoquaient les mâts des bateaux sur lesquels on les fixerait un jour ? Elle pensait plutôt aux incendies qui chaque été ravageaient la région, qu'elle redoutait parce que les fûts noircis perdaient leur prix. Les chênes lui paraissaient d'une valeur plus sûre, et elle se plaisait, passant en voiture, à voir les leveurs de liège arcboutés contre les troncs, arrachant leur écorce dure dans un corps à corps dont elle jouissait plus qu'elle n'avait jamais joui de ses rares corps à corps avec un homme. Les arbres nus, rouges comme des écorchés, ressemblaient à des suppliciés dressés le long de l'étroite route sur laquelle Césarine cheminait, impassible, dans une voiture légère attelée d'un sage cheval.

Mais je me trompe peut-être, et peut-être était-elle une dame du Nord ; alors elle aurait tiré sa fortune des filatures que feu son mari avait possédées, et qu'elle ne voyait que de loin, quand elle se hasardait dans les quartiers industrieux et pauvres de la ville. Un fondé de pouvoir s'en occupait. Elle n'avait que mépris pour les femmes en cheveux qu'elle avait vues une ou deux fois sortir de la fabrique à l'heure de la fermeture. Elle ne descendait pas de voiture, il lui aurait déplu de salir ses bottines dans la fange qui déshonorait la rue.

Le fondé de pouvoir lui apportait ses comptes, de grands registres à la couverture marbrée noir et vert. Elle ne laissait rien passer, elle épluchait soigneusement les colonnes de chiffres. Parfois elle consentait à quelque réforme, à la création d'une cantine pour les ouvrières, ou au remplacement d'une machine par trop vétuste. Mais il lui importait de ne pas aller trop loin, elle tenait à garder intacts ses bénéfices. C'était assez qu'elle eût besoin d'un homme pour diriger l'usine. Plus tard elle confierait la tâche à l'un de ses fils, quand il aurait l'âge, et s'il se montrait à la hauteur de la situation.

Pour Noël, peut-être, elle allait jusqu'à faire distribuer des paquets aux ouvrières, qui contenaient outre une maigre friandise un cadeau utile : chaussures, linge de corps, tablier... Son mari l'avait fait avant elle, elle maintenait la tradition, par devoir, sans se préoccuper des gens qui recevaient ses largesses. Puis elle n'y pensait plus. Elle se conformait à l'ordre du monde qu'elle avait toujours connu, les pauvres étaient des pauvres, elle était riche, elle tenait son rang, toujours vêtue de noir et chargée de bijoux de prix.

Je ne sais pas pourquoi je m'acharne ainsi sur Césarine. C'est à cause de son air de dignité orgueilleuse et de ses yeux ironiques au regard dur.

Je voudrais retirer la photo de son cadre cerné d'or, découvrir derrière l'image le nom et l'adresse du photographe qui doit y figurer; c'est impossible : une autre photo est collée au dos de la première. C'est celle d'un homme mélancolique aux cheveux plantés haut sur un grand front. Il porte un col montant, une large cravate, un veston dont n'est retenu que le premier bouton, non parce que son estomac écarte les pans de la veste – il est plutôt mince – mais pour laisser voir la belle chaîne de montre qui pend de son gousset.

Je me dis que c'est Eugène, le mari de Césarine, mort encore jeune de la fièvre typhoïde.

Elle aurait pu l'aimer; il a l'air bon, dans ses yeux clairs passe comme une vision d'ailleurs, un rêve que n'a pu troubler le photographe. Il garde la pose, un peu raide, parce qu'il le faut. Est-ce qu'il sait qu'il mourra jeune, et que la belle Césarine ne l'a jamais aimé? Elle l'a épousé pour ses biens, sa filature (ou ses vignes); elle ne pleurera pas à son enterrement.

Elle doit être là, dans la pièce, à le surveiller pour qu'il laisse de lui une image flatteuse. Pour ne pas ciller il garde le regard fixé sur la broche de sa femme, celle qu'il lui a offerte durant leurs fiançailles : un cercle d'or dans lequel s'inscrit un cerf, ou un cheval. Il me semble qu'y figure aussi un cavalier. Est-ce saint Georges partant à la poursuite du dragon ? Au temps où la photo a été prise elle était jeune encore, plus belle que sur le portrait de la première page. Je crois qu'il l'aimait en la redoutant un peu. Elle aurait voulu qu'il retirât plus d'argent de ses vignes (ou de sa filature), qu'il gérait paresseusement. Il faisait la sourde oreille. Parfois, dans sa chambre, le soir, il écrivait des vers...

Pourquoi avait-on appareillé ces deux êtres si dissemblables ? Pour des raisons d'intérêt sans doute. Les domaines qu'Eugène avait hérités de sa famille prolongeaient ceux de Césarine. Ou bien la filature d'Eugène jouxtait celle que Césarine avait reçue en dot. Ils s'étaient laissé faire. Lui n'aimait pas ailleurs, elle ne se fût pas permis d'aimer quiconque ; elle ne voulait que du bien, de grands champs de vignes plantées en rangs serrés sur des pentes qui assuraient un bon ensoleillement, de grands pins qui chantaient les jours de mistral (je préfère décidément que l'histoire se passe dans le midi de la France, parce que Césarine ressemble dans sa majesté à certaines amies de ma grand-mère, à qui j'ai vu le même regard arrogant et calculateur, le même souci du paraître. Elles s'assemblaient sur les terrasses le soir, elles parlaient vendanges, plantiers, prix du vin. Elles étendaient des plaids sur leurs genoux pour se préserver de la fraîcheur qui tombait avec le crépuscule...).

C'était à la fin des années soixante-dix. Est-ce qu'Eugène avait fait la guerre, était-il bonapartiste, royaliste, ou républicain? De Paris on ne recevait que des échos. La révolte des communards, même, ne les avait pas fait frémir, et ils avaient applaudi quand ils avaient lu dans le journal que les Versaillais avaient maté la révolution en marche.

Eugène, peut-être, avait eu un soupçon de regret, quelque chose comme un remords : n'était-ce pas des gens comme lui, des bien-pensants qui avaient fusillé les insurgés ? Il n'y avait pas pensé longtemps. Les jours avaient continué leur cours monotone. Eugène tentait de se rendre aimable aux yeux de son épouse. Comme elle voulait des enfants elle avait accepté des étreintes qui lui répugnaient. Ils avaient eu deux fils, puis une fille qui était venue contre le vœu de Césarine, à cause d'un soir de faiblesse durant lequel elle n'avait pas osé se soustraire aux entreprises de son mari. Après la naissance de Marthe elle avait décidé de faire chambre à part. Il s'était à peine révolté : il en avait assez de pétrir ce grand corps qui se refusait. Est-ce qu'il avait cherché ailleurs quelque compensation ? Il n'en avait guère eu le temps. Il était tombé gravement malade, d'une fièvre typhoïde que l'officier de santé du village avait mal soignée, qui l'avait emporté très vite. En guise d'oraison funèbre Césarine avait dit qu'il avait toujours été de faible constitution ; elle espérait qu'il n'avait pas transmis cette tare à ses enfants.

Pauvre Eugène, je m'attarde sur lui, sur son regard doux et rêveur. Je regrette que Césarine ait jeté les cahiers de poèmes, les aquarelles mièvres qui remplissaient les tiroirs de son bureau. Ainsi, c'était à ces sottises qu'il avait passé son temps ? Elle regrettait qu'il fût mort, parce qu'il est de bon ton de pleurer un mari, mais elle se sentait forte, maîtresse de ses biens, et elle en éprouvait de la satisfaction.

On ne voit plus Césarine dans les pages suivantes de l'album. Peut-être est-elle morte. Elle devait souffrir d'hypertension, depuis longtemps sans doute. Elle était gourmande, elle grossissait trop. Souvent elle avait des bourdonnements d'oreilles, de légers vertiges. Elle s'en était ouverte à l'officier de santé qui lui avait reproché sa nourriture trop riche, l'avait incitée à la prudence, lui avait conseillé un régime qu'elle ne suivait pas. Il lui avait dit aussi qu'elle devait prendre de l'exercice. Alors elle s'astreignait à faire le tour du jardin chaque matin. Elle marchait le long des allées, dans l'odeur amère des buis. Elle allait à pas lents, pour éviter de s'essouffler. Le gravier crissait sous ses semelles. Parfois elle se penchait pour arracher une herbe, pour redresser une branche de rosier. Même alors, au lieu de se livrer toute à la contemplation de la nature, elle ruminait ses soucis : le phylloxéra venait d'atteindre la région, il fallait remplacer les pieds de vigne par d'autres, venus d'Amérique, plus robustes. Cela coûtait cher. Et c'était son fils aîné, revenu de l'université, qui avait pris l'affaire en main, la dépossédant de sa toute-puissance.

Un jour elle a eu un malaise, une sorte de pâmoison. On l'a découverte inanimée, sur son front neigeaient les pétales des roses rustiques qui couvraient la tonnelle. On l'a portée jusqu'à sa chambre. L'officier de santé, accouru, a pris sa tension artérielle, a ordonné qu'on lui fît des saignées. On a fait apporter un bocal de sangsues du bourg voisin. Chaque jour une infirmière venait, qui plaçait les bêtes gluantes sur sa poitrine. Elles se gorgeaient de son sang trop riche. Elles gonflaient, repues; on les remettait dans le bocal, elles dégorgeaient dans la sciure.

On lui posa aussi des ventouses scarifiées. L'infirmière était experte : elle pratiquait une incision légère, plaçait la ventouse qui aspirait le sang. Les petits pots de verre devenaient écarlates. Quand la cérémonie était terminée, et tandis que Césarine remontait sa chemise, la femme de chambre emportait les ventouses jusqu'à l'évier de la cuisine, les lavait à grande eau.

C'est ainsi qu'on a soigné mon grand-père jadis, quand j'étais tout enfant. Je me rappelle ces pots de verre sanglants que je voyais entassés et qui me faisaient peur. Je me rappelle aussi le bocal de sangsues où grouillaient les bêtes brunâtres qui avaient eu pour mission de soulager Bon-papa, et qui digéraient en attendant l'heure de leur prochain repas.

Les soins n'ont pas suffi. Césarine a eu un nouveau malaise, elle est tombée tout de son long dans le salon jaune et vert. On l'a relevée, portée jusqu'à son grand lit dont le dosseret de bois sculpté représentait des amours effeuillant des guirlandes. On a de nouveau appelé l'officier de santé. Quand il est arrivé elle était morte. Il a dit que cela valait mieux, qu'elle serait demeurée paralysée, une charge pour tous et pour elle-même. On l'a enterrée dans le cimetière d'où l'on peut voir au loin la mer et de l'autre côté les collines brunes et rousses découpées contre le ciel.

L'héritage était important. Il a été partagé entre ses fils et sa fille. On a placé son portrait peint à l'huile dans le salon, pour qu'elle continuât de veiller sur ses descendants. Y est-il encore? Ou bien l'a-t-on vendu en même temps que l'album, sans plus même se rappeler son nom?

La fille de Césarine, est-ce cette dame dont l'image a pâli? Elle devait s'appeler Marthe. Elle a les cheveux relevés en brioche comme sa mère, elle porte une robe au simple décolleté entouré d'un galon, un plastron brodé qui forme une sorte de cape d'où dépassent des manches gonflées. La jupe large est bordée de trois volants. La dame lit, ou plutôt elle tient devant elle un livre ouvert. A sa droite il y a une sellette à trois étages sur lesquels on voit successivement un seau à biscuits, une plante verte, un long vase d'où émergent deux roses. A sa gauche on distingue un écran de tapisserie.

La photo est presque effacée, comme si on

l'avait exposée longtemps à la lumière. Avant de figurer dans l'album elle avait dû être placée dans un cadre, posé sur une cheminée peut-être, ou sur une commode, dans une chambre de province; par un mari, un fiancé? Mais Marthe s'est-elle mariée? Je crois que non, je crois qu'elle est restée fille et qu'elle s'est consacrée à la garde de la maison après la mort de sa mère. Elle a été de ces demoiselles de bonne famille qu'on oubliait un peu, dont on se souvenait quand on avait besoin d'elles, pour garder des enfants ou soigner des malades. Et la photo dans son cadre, c'est elle qui l'avait placée dans sa chambre, pour se rappeler le temps où, jeune encore, elle espérait tout de la vie. Elle a vieilli en même temps que l'image qu'elle voulait garder d'elle, toutes deux ont pâli ensemble. Il ne reste de Marthe qu'un nom sur une pierre tombale, un souvenir aux trois quarts perdu.

Des deux fils de Césarine, l'un s'est fait notaire. Il ressemble à Eugène. Comme son père il a l'air rêveur. Sa cravate savamment plissée enserre un col haut, il porte une épingle en forme de fer à cheval. Est-ce qu'il était superstitieux, ou était-ce la mode?

A sa droite dans l'album on voit sa femme, Marie, ou Jeanne, les cheveux nattés enroulés autour de la tête, pris dans une résille. Elle est plutôt jolie, son corsage sombre est égayé par un jabot de dentelle. Elle a le même air doux et rêveur que son mari.

Ils ont dû se rencontrer au cours d'une réception donnée par un notable de la ville. Ils se sont aussitôt reconnus : modestes, le regard clair, comme tourné vers l'intérieur, une espèce de nostalgie dans les yeux. Ils ont échangé quelques paroles, ils ont ensemble bu une coupe de champagne, ou de vin doux, servi dans de longs verres de cristal.

Le lendemain, Henri a parlé à sa mère de cette jeune fille à peine vue, qui l'avait séduit. Césarine a fait prendre des renseignements sur la famille : Marie n'était pas de noble extraction, elle ne possédait pas de richesses. Petits rentiers, ses parents ne lui assuraient qu'une modeste dot. Césarine a déclaré que son fils pouvait trouver mieux que cette jeune fille sans éclat.

Henri, d'habitude docile et attentif aux conseils de sa mère, a tenu bon : ce serait Marie, ou personne. Elle a dû céder. Les parents de Marie ont donné leur consentement, trop heureux de placer cette enfant dans une bonne famille, de se débarrasser d'elle en quelque sorte, alors qu'ils avaient toujours redouté qu'on la laissât pour compte. On les a fiancés, mariés. Tout s'est fait très vite. Césarine a attribué deux chambres de sa grande maison au jeune couple. Marie, un peu farouche, s'y est presque confinée; elle parlait peu à sa belle-mère qui lui faisait peur. Elle ne descendait que pour les repas, ou pour se promener à pas lents dans le jardin en respirant le parfum des feuilles et des fleurs, en rêvant. A quoi? A sa vie présente et à venir, à son mari, aux enfants qu'elle aurait peut-être. Parfois elle s'asseyait sous la tonnelle, elle brodait au point de croix sur un canevas fixé sur un tambourin. Ou bien elle lisait. Elle avait apporté ses livres dans cette maison où il y en avait si peu. C'était des romans poétiques dont les héroïnes lui ressemblaient, dont le plus osé était *le Maître de forges*, de Georges Ohnet; ou bien elle se laissait bercer par les vers de Lamartine ou de François Coppée. Césarine trouvait qu'elle perdait son temps.

Marie a été très vite enceinte. Elle a accouché dans sa chambre, sous les yeux des servantes qui se relayaient pour apporter des pots d'eau chaude, de sa belle-mère impassible, de sa mère anxieuse, avec l'aide quand même de l'officier de santé.

Elle a mis au monde une petite fille. Henri était heureux, attendri. L'année suivante elle a eu encore une fille. Césarine faisait la grimace, elle eût voulu des garçons. Henri et Marie n'en avaient cure. Leurs deux filles étaient leur joie et leur richesse. On les voit dans l'album, enfants aux yeux pâles, vêtues de robes blanches à volants brodés, chaussées de souliers à brides. L'une tient un mouton en peluche dans ses bras, l'autre s'appuie sur un canapé. Toutes les deux portent des boucles d'oreilles, minuscules boules d'or qui brillent contre leur visage. Ce sont Adèle et Valentine. Valentine est la plus jolie.

Quand on a placé leurs images dans l'album, Césarine était déjà morte. Elle ne les a pas vues grandir, il lui est resté le regret de n'avoir pas de petit-fils pour continuer la lignée.

Je me demande quel est ce bellâtre dont le portrait remplit toute une page. Il figure au milieu d'une plage blanche à la forme tarabiscotée, entourée de roses et de marguerites. C'est un militaire en grande tenue. Il appuie négligemment ses mains fines au dossier de tapisserie d'une chaise, sur laquelle, peut-être, il est assis à califourchon. Son uniforme rutile : brandebourgs, épaulettes, boutons dorés. Le col est haut, brodé de deux lettres symétriques, deux *G* qui veulent dire Génie sans doute. Sur ses manches il y a deux galons. L'homme tient une paire de gants blancs, il a une cigarette entre les doigts, il porte une chevalière. Dans le creux de son coude repose un sabre dont on ne voit que la poignée enrichie de glands. On dirait que le photographe a accumulé sur lui les signes et les symboles. Il admirait son modèle probablement, et voulait le fixer dans toute sa magnificence.

A moi, il ne plaît guère. Son visage est figé et il regarde droit devant lui. Ses cheveux sombres sont séparés par une raie bien nette. Il est avantageux, content de lui, sûr de sa dignité. Durant ma vie, et puisque mon père était officier, j'en ai rencontré, des militaires qui lui ressemblaient, qui s'estimaient issus d'une race supérieure parce qu'ils avaient participé à des conquêtes, asservi des peuples qui ne leur demandaient rien. Mon père était bon et doux ; mais ses camarades de régiment, souvent, affichaient l'air arrogant de cet homme, sur la photographie. Comment s'appelait-il ? Quel rôle a-t-il joué dans l'histoire que je raconte ? Était-il cousin, ami de la famille de Césarine ? Il devait occuper une place importante puisqu'il figure en majesté dans l'album. Je le soupçonne d'avoir fait la cour à Valentine, la petite-fille de

Césarine, la plus jolie des enfants d'Henri et de Marie. Quand il venait en permission il serrait la main de Valentine à la dérobée. Valentine avait quinze, seize ans. Elle était impressionnée par l'allure martiale, le bel uniforme de Gaston. C'était le petit-neveu de Césarine, le fils d'un de ses cousins peut-être.

Valentine était belle. Sur l'image qui la représente elle se tient très droite. Ses cheveux sont relevés en couronne au-dessus d'un front pur ; son cou, long et gracile, est entouré d'un collier de plusieurs rangs de perles. Elle porte un corsage décolleté orné d'un bouillonné de dentelle. Elle a les bras presque nus.

Comme c'était la plus jeune fille de la famille, on avait tendance à la traiter en enfant. Mais elle savait ce qu'elle voulait, et elle n'hésitait pas à user de son charme pour s'opposer à la volonté de ses parents. Elle n'attendait pas leur accord pour rencontrer le beau militaire. Il était en garnison à Aix, ce n'était pas bien loin, on le voyait souvent. Valentine avait su lui faire comprendre qu'il ne lui était pas indifférent. Alors, quand il avait posé son sabre et passé, peut-être, un costume civil, elle le rejoignait dans le salon où sa mère n'était pas encore, ou bien sur la terrasse, aux beaux jours. Elle l'appelait cousin. Elle lui demandait des renseignements sur sa vie de caserne, sur les exploits qu'il avait accomplis. Flatté, il parlait longtemps, de sa belle voix grave que Valentine aimait. Elle l'écoutait, le visage levé vers lui. Sans en avoir l'air, il se rapprochait d'elle, sur le sofa rayé jaune et vert, ou sur le canapé de rotin de la terrasse, placé entre deux hortensias. Leurs jambes se frôlaient. Ils descendaient au jardin. Valentine relevait la tige d'une fleur penchée, dans un geste qu'elle savait gracieux. Gaston lui tenait le bras. Ils allaient sous la tonnelle où les roses embaumaient. Ils s'asseyaient sur un banc de fonte peint en blanc dont le dossier était orné de pampres. Gaston effleurait les cheveux de Valentine de ses lèvres : était-ce mal? Gaston, après tout était son cousin.

Elle ne savait pas qu'il était un homme à bonnes fortunes, qu'il faisait des ravages parmi les femmes des officiers de sa garnison. L'eût-elle su qu'elle n'en eût tenu aucun compte. Elle avait décidé qu'elle le voulait, et qu'il l'épouserait, quoi qu'on pût en penser ou en dire. Lui, sans doute, ne voyait pas si loin et il se contentait de frôler cette peau douce de jeune fille qui le changeait des coquettes et des prostituées dont il avait l'habitude.

Je n'ai pas parlé d'Augustin, le frère d'Henri, ce fils aîné qui avait détrôné Césarine et s'était institué le gardien des propriétés, le maître du domaine. C'était une sorte de gentleman-farmer, toujours botté, vêtu de cuir et de tweed. Il n'avait pas pris femme, au grand déplaisir de sa mère. Il vivait en vieux garçon dans une aile de la maison, il sentait le soleil et le vent, il fumait la pipe. Il figure dans l'album, déjà âgé, l'air sévère et le front dégarni. Je sais que c'est lui parce que j'en suis arrivée aux pages où, sous les petites fenêtres bordées d'or, une main malhabile a tracé des noms. L'écriture est ancienne, comme celle des conventines du début du siècle. Elle est jetée par une main peu soigneuse, celle d'une femme qui a essayé, pour la postérité, de restituer leur identité à ces personnages figés ; sans elle, ils auraient été réduits à des formes anonymes s'effaçant lentement des mémoires.

C'est elle qui a inscrit, sous la photo en pied du gentilhomme campagnard : Mon oncle Augustin de Sainte Opportune.

Ainsi puis-je savoir enfin ce que veulent dire les lettres d'argent tarabiscotées de la couverture, cet *O* et ce *M* entrelacés.

Le *O*, c'est Opportune. Pour le *M* l'initiale sans doute du nom de jeune fille de Césarine, je m'interroge encore : Monnier, peut-être, ou Marcellin ? Ces noms figurent dans l'album, mais les personnages qu'ils désignaient ont disparu, les clichés sont tombés de leur cadre au cours des déménagements, des transports dont a souffert le livre de cuir quand on a cessé de le considérer et de l'aimer.

Ainsi se dégradent les objets, relégués dans un grenier d'abord, puis mis au rancart et vendus.

Sur une allée bordée de grands arbres qui forment une voûte légère on voit une jolie dame vêtue d'un chemisier blanc et d'une jupe sombre, longue jusqu'à cacher les bottines. Elle a la taille fine, elle porte un grand chapeau surmonté de plumes blanches. Le chemin est caillouteux ; c'est celui d'un parc, ou d'un jardin public. La dame s'est arrêtée dans sa marche, juste pour le temps de la pose. La main gauche est ballante au bout du bras habillé d'une manche bouffante, dans la droite elle tient un réticule assorti à sa toilette. Sous l'image elle a écrit : Moi. Comme si de toute évidence les gens qui feuilletteraient l'album plus tard sauraient qui désigne ce pronom. C'est pour la dame une naïve certitude d'éternité, la preuve qu'elle pense ne jamais devoir s'effacer des mémoires. Moi, c'est Valentine sans doute, quoique je distingue mal ses traits dans l'ombre du chapeau. Et à côté d'elle, dans le cadre voisin, on retrouve le beau militaire, débarrassé des fioritures qui entouraient son grand portrait. Mais c'est bien le même, l'air avantageux, les cheveux partagés par une raie très nette, le sabre au creux du bras, l'uniforme rutilant, les avant-bras croisés, les mains à demi fermées sur une paire de gants. Valentine – si c'est elle – a écrit au-dessous : Mon mari.

Ainsi elle a fini par l'épouser. Valentine et Gaston se sont mariés dans l'église du village, à minuit, parce que c'était le comble de l'élégance à l'époque. Césarine n'était plus là pour leur donner sa bénédiction. L'aurait-elle donnée ? Valentine était bien jeune, et Gaston ne jouissait pas d'une trop bonne réputation. De plus il n'avait pour vivre que sa solde de lieutenant. Henri et Marie ne parvenaient pas à croire encore que leur petite enfant allait devenir une femme ; engoncés dans leurs vêtements de fête, ils avaient l'air surpris, indécis. Durant la réception qui a suivi l'office religieux, Marie, bonne maîtresse de maison, s'est empressée auprès de tous les invités ; Henri versait le champagne dans les coupes. Il y avait là tous les oncles et toutes les tantes, les Sainte Opportune et les Monnier – ou Marcellin –, puis les amis de Gaston en uniforme, quelques-uns avec leur épouse, jeune femme en toilette vaporeuse à l'air soumis. Augustin affichait son humeur rogue, Marthe semblait éperdue. Et Adèle, la sœur de Valentine, la demoiselle d'honneur tout de rose vêtue, essayait de se montrer gaie, n'y parvenait pas. Elle n'avait qu'un an de plus que Valentine, elles avaient été très unies durant leur enfance, et maintenant Valentine allait partir, laisser seule la jeune Adèle dans la grande maison où il n'y avait, pensait-elle, que des vieux.

On lui a demandé de chanter : elle possédait une jolie voix. Mais elle ne voulait pas, intimidée par tout ce monde qui la regardait. Elle avait renversé une coupe de champagne sur sa robe à volants, elle avait honte de sa jupe mouillée. Elle était mécontente de sa coiffure que tante Marthe avait pourtant arrangée avec soin.

Valentine a insisté : fais-le pour moi. Elle s'est décidée à contrecœur. Marie s'est mise au piano. Adèle a chanté :

C'est aujourd'hui que ma sœur se marie
Son front paré de tulle et de fleurs.
Mon tour viendra d'être la mariée,
Chacun fera des vœux pour mon bonheur.
Mais aujourd'hui je suis presque oubliée,
C'est aujourd'hui la noce de ma sœur...

La chanson était de circonstance, Adèle a été fort applaudie. Valentine l'a embrassée tendrement. Et tout à coup elle a songé qu'elle était en route vers une vie, un monde qu'elle ne connaissait pas, aux côtés d'un homme qu'elle aimait, certes, mais qui l'intimidait. Elle savait que les frôlements de mains sous la tonnelle, les chastes baisers effleurant ses cheveux n'avaient été qu'un prélude, elle se demandait à quoi. Parce que ni Marie ni Henri ne l'avaient préparée à ce qu'on appelait pudiquement « les réalités du mariage ». Elle a eu peur. Elle a regretté violemment de devoir quitter le cocon de sa famille, d'être forcée de se séparer d'Adèle. Les larmes sont montées à ses yeux. Elle était là, debout dans sa robe immaculée, au milieu de tous ces gens endimanchés, et il lui fallait lever sa coupe et sourire. Elle avait envie de s'enfuir, d'aller se cacher au fond du jardin. Elle a serré Adèle contre elle, puis, comme son mari s'approchait, lui disait à voix basse qu'il était temps de partir, elle s'en est allée à pas lents vers sa chambre, pour revêtir le tailleur de son voyage de noces.

La fête avait duré jusqu'au matin...

Il n'y a pas trace dans l'album du voyage de noces de Gaston et Valentine. Si les appareils portatifs avaient existé, sans doute retrouverais-je les jeunes mariés enlacés sur le pont d'un vaporetto, ou languissamment appuyés aux coussins soyeux d'une gondole. Car c'est à Venise, sûrement, qu'ils sont allés passer leur lune de miel, se conformant à une tradition très ancienne : Henri et Marie avaient fait de même en leur temps, et Eugène et Césarine encore plus tôt.

Gaston avait emmené sa jeune épouse en calèche jusqu'à la gare, ils étaient montés dans un train où ils avaient sommeillé tandis que filaient derrière les vitres du compartiment les paysages de la riviera des fleurs. Ils se tenaient les mains ; Valentine, lasse, avait les paupières mauves. Elle avait ôté son chapeau qui reposait sur sa valise de cuir neuf, dans le filet au-dessus de sa tête. Elle aurait aussi volontiers enlevé ses bottines, mais elle n'avait pas osé. Gaston s'était contenté de dégrafer la tunique de son uniforme.

Ils avaient déjeuné au wagon-restaurant, ils étaient arrivés le soir, un vaporetto les avait conduits jusqu'à l'hôtel où leur chambre était retenue. Alors, enfin, Gaston avait pris Valentine dans ses bras.

Elle ne se sentait pas prête encore, elle se rappelait vaguement ce que sa mère lui avait soufflé en la quittant, sur le seuil de la porte : sois docile, fais ce qu'il voudra, n'aie pas peur... Peur de quoi ? Il arrachait son chemisier de soie pâle, il déboutonnait sa jupe, il s'agaçait de ses dessous compliqués, chemise, corset, cache-corset de toile fine bordés de festons, brodés de fleurs au petit point. Et elle s'était trouvée nue, honteuse, cherchant à cacher sa poitrine, la touffe blonde de son sexe entre ses cuisses serrées.

Gaston se dévêtait à la hâte, et tout à coup il était apparu dans sa nudité d'homme, armé de cet appendice de chair violacée qui se dressait vers elle, qu'elle n'avait pas même imaginé dans ses rêves les plus intimes. Il s'était abattu sur elle.

Il fallait se montrer docile, mais Valentine ne comprenait pas ce qu'il voulait, elle refusait d'écarter ses jambes, elle se raidissait toute, et il tentait de la forcer alors que ses yeux se remplissaient de larmes éperdues, qu'elle appelait sa mère d'une voix si faible qu'il ne l'entendait pas.

Enfin il avait réussi, il lui avait infligé cette blessure au plus secret d'elle-même, qui lui faisait mal et qui saignait. Alors seulement il avait eu pour elle un geste de tendresse, il avait soulevé les mains qui couvraient son visage, il lui avait dit qu'elle était belle et qu'il l'aimait. C'était trop tard. De sa première nuit d'amour, elle ne garderait que le souvenir de cette épée de chair entrant en elle pour la déchirer.

Elle s'était levée difficilement, elle avait pris dans sa valise la chemise de nuit dans l'ourlet de laquelle Adèle avait placé un de ses cheveux, pour pratiquer un naïf sortilège, afin qu'elle aussi se mariât dans l'année. Puis elle avait enfilé son déshabillé de soie couleur pêche orné de marabout, ses mules de satin. Elle avait regardé Gaston qui appelait à la réception de l'hôtel pour qu'on leur apportât une bouteille de champagne.

Ils avaient bu. Gaston semblait heureux. Valentine posait un regard vague sur le canal qu'on voyait par la fenêtre, sur quelque palais de pierre ocrée. Elle entendait sans y prendre garde les cris des gondoliers.

Elle était devenue femme, et elle regrettait désespérément le nid de son enfance, la protection de ses parents, l'amour de sa sœur, la grande maison sur la place et le jardin aux berceaux de roses.

Gaston avait voulu recommencer l'étrange exercice ; le champagne lui avait redonné des forces sans doute. Elle refusait, elle avait trop mal, et trop honte. Cette fois il avait su se montrer plus doux, il avait caressé lentement son cou flexible, son épaule nue, il avait réussi à la détendre un peu, pour qu'elle l'accepte enfin.

Puis il s'était endormi contre elle. Et elle était restée longtemps éveillée, les yeux grands ouverts sur le plafond du baldaquin, perdue dans cette ville inconnue, loin des siens, couchée sur un lit étranger auprès d'un homme qui ne l'était pas moins.

Les jours suivants avaient été occupés par la visite de la ville. Ils prenaient une gondole, ils se laissaient glisser sur un canal. La plupart du temps le gondolier était beau. Il se dressait sur l'esquif, la perche à la main ; à chaque confluent il poussait dans sa langue de grands cris pour signaler sa présence, d'autres lui répondaient. De sorte que les canaux dont l'eau était si calme étaient envahis de bruits. Ils voyaient au passage des palais dont le pied trempait dans l'eau verte, si beaux dans leur décrépitude que Valentine en avait le cœur chaviré. Elle s'imaginait vivant là, entourée de fastes décadents, glissant en longue robe sur des parquets vermoulus couverts de tapis aux teintes fanées. Ils abordaient, ils parcouraient des ruelles, tout un labyrinthe dans lequel ils se perdaient pour se retrouver plus tard, ils visitaient des églises aux ors somptueux, au sol fait de mosaïques polychromes, aux vitraux colorés à travers lesquels la lumière de juin jetait partout des reflets rouges, jaunes, bleus... Ils côtoyaient d'autres touristes qui n'étaient pas tous en voyage de noces, dont certains étaient presque vieux : des hommes aux cheveux gris, sanglés dans des costumes parfaits, des dames bien mises aux volumineux chapeaux couverts de plumes ou de fleurs dont la jupe balayait les arabesques du sol. Puis des jeunes couples à l'air émerveillé. Valentine était pâle, elle souffrait encore et ses bottines la serraient. Elle s'appuyait au bras de Gaston. Ils levaient ensemble les yeux vers les fresques, ils échangeaient un commentaire parfois. Ils quittaient l'église, ils remontaient dans une gondole pour en trouver une autre.

Ils aboutissaient régulièrement à la place Saint-Marc, celle que Valentine avait vue représentée si souvent en carte postale. Au milieu des vols de pigeons ils allaient s'asseoir à une terrasse, ils mangeaient des glaces servies dans des coupes dorées, ou bien ils buvaient du café très fort garni de crème Chantilly. Valentine retrouvait sa gourmandise d'enfant et elle était presque gaie.

Ils allaient flâner dans des boutiques anciennes où une multitude d'objets s'offrait à leur convoitise. Valentine avait envie de tout acheter. Gaston tâchait de la modérer, il n'y parvenait pas toujours. Elle sortait chargée de paquets : verreries, étoffes brodées, miroirs... Elle acquit une lampe faite de trois globes de verre sablé d'or, surmontée d'un abat-jour de mousseline blanche bordé d'une grecque compliquée ; des vases décorés à l'intérieur de fines rayures multicolores, un grand miroir découpé enrichi de rosaces dorées... Comme ils ne pouvaient tout emporter, ils donnaient l'adresse de leur hôtel où les marchands livreraient leur butin. A ces moments, Valentine oubliait sa mélancolie, elle s'amusait comme une petite fille. Elle disait qu'elle poserait la lampe sur le piano, la glace au bord de sa commode. Elle donnerait tel vase à sa mère, tel autre à sa sœur Adèle.

Le crépuscule tombait sur le canal, le soleil rouge se reflétait sur l'eau noire. Le soir venait. Ils montaient dans le vaporetto, ils voguaient vers l'hôtel. A mesure qu'ils s'en rapprochaient, Valentine retrouvait son humeur morose, ses craintes en pensant à l'ardeur de Gaston, à ce qu'il lui faudrait subir encore avant de pouvoir s'endormir.

Ils dînaient dans la salle à manger de

l'hôtel, servis par d'impeccables valets dans de la vaisselle raffinée. Ils s'attardaient au bar un moment. Gaston buvait un alcool, Valentine demandait une tisane. Ils montaient vers leur chambre.

Peu à peu, Valentine s'apprivoisait. Gaston avait compris, peut-être, que ses emportements du premier soir qui avaient ressemblé à un viol risquaient de rendre à tout jamais frigide sa trop jeune épousée. Il se faisait doux, il essayait de calmer sa naïve colombe. Elle s'habituait à ce corps d'homme qui cherchait le sien. Comme elle ne souffrait presque plus, elle finissait par accepter les gestes qui l'avaient horrifiée le premier soir. Quelquefois, elle y prenait plaisir. Elle s'endormait entre les bras de Gaston. Elle se disait qu'elle avait enfin retrouvé celui qu'elle avait aimé dans le jardin de sa mère et qui lui avait tenu les mains sous les arceaux de roses.

Ils virent encore des églises, des musées, le palais des Doges... et ils se perdirent encore dans des ruelles étroites ; ils se laissèrent promener par les beaux gondoliers ; ils achetèrent d'autres merveilles, un cabinet de laque incrusté de nacre et d'ivoire, un service de verres cernés d'un liséré d'or, sur lesquels, à leur demande, on grava leurs initiales entrelacées. Gaston se demandait comment ils feraient pour tout rapporter. Mais les marchands étaient accommodants, ils allaient jusqu'à proposer de les livrer à leur adresse en France.

Il plut. Les gouttes rayaient les vitres et faisaient sur l'eau du canal des ronds minuscules. Valentine mettait la cape bordée de fourrure qu'elle avait emportée. Frileusement elle se blottissait dans un fauteuil et elle rêvait à tout ce qui lui était arrivé de nouveau, d'extraordinaire, en si peu de jours.

Quand le soleil revint, ils se promenèrent encore, emplissant leurs yeux de beauté. Puis ils refirent leurs valises et s'en allèrent. Dans le train du retour Valentine essayait de se rappeler tout ce qu'elle avait vu, et que sans doute elle ne reverrait jamais.

A partir des images représentant Valentine et son mari, l'album de famille devient étrange, désordonné. Beaucoup de photos manquent dans les cadres sous lesquels la jeune femme a inscrit des noms de son écriture démodée. Sous d'autres clichés, communiantes, bébés à demi nus, familles au garde-à-vous sur fond de toile peinte, les légendes ne correspondent pas à ce qu'elles soulignent. Les descendants sacrilèges de la famille Sainte Opportune ont-ils cru bon, avant de mettre le livre à l'encan, de replacer ici ou là, n'importe qui? Ainsi, au-dessus de l'intitulé : Mon oncle de Sainte Opportune, figure une belle dame en toilette élégante, la traîne négligemment enroulée autour des chevilles, qui s'appuie sur une colonne tronquée. Augustin n'est plus le gentilhomme campagnard au front dégarni mais un jeune dragon en uniforme, casque à panache et sabre au côté. Il y a des quantités de bébés anonymes assis sur des peaux d'ours, et des communiantes en robe de mousseline plissée qui se prénomment Arthus, Henri, Paul... Ce n'est pas la faute de Valentine. Le désordre est venu plus tard, quand les successeurs de la lignée ont cessé d'aimer leurs ancêtres, ou bien quand ils ont été tous morts. Les tempêtes de l'histoire ont-elles englouti les Sainte Opportune?

C'est que Valentine et Gaston se sont mariés peu d'années avant la Grande Guerre qui devait bouleverser les mœurs et les familles. Il ne me reste plus guère de support pour édifier mon histoire.

Valentine, qui avait refusé les vignes et les bois de son héritage et voulu seulement de l'argent, était presque riche. Tandis que son oncle Augustin se débattait contre le phylloxéra, elle avait décidé de mener grande vie, suivant les conseils de Gaston qui se réjouissait de pouvoir recommencer à jouer, qui désirait organiser des fêtes et tenir le haut du pavé, lui qui avait mal supporté d'en être réduit à sa solde de lieutenant.

Ils avaient loué un pavillon entouré d'un petit jardin, en dehors du centre de la ville. Gaston aurait préféré habiter un hôtel du cours Mirabeau, là où les riches familles cachaient leur opulence derrière des façades de vieille pierre. Le pavillon comportait deux étages. Valentine s'amusa longtemps à le meubler, le décorer selon son caprice. Elle avait pris quelque autorité, et d'ailleurs Gaston ne s'intéressait pas aux aménagements domestiques. Valentine fit suspendre de grands rideaux de soie beige retenus par des cordelières à franges et à pompons. Elle plaça partout de petits meubles marquetés, des consoles, des sofas profonds. Ses acquisitions de Venise occupèrent les meilleures places. Souvent elle s'asseyait sur un pouf devant la glace aux rosaces d'or, et elle contemplait son image à la lumière qui tombait du grand lustre étincelant au-dessus d'elle. Elle trouvait qu'elle avait changé. Sa coiffure en brioche était toujours pareille, qui laissait échapper quelques cheveux fous, son cou restait long et fin et elle n'avait pas renoncé aux quatre rangs de perles qui l'entouraient, le faisaient encore plus gracile. Mais ses yeux n'étaient plus les mêmes, parce qu'ils avaient contemplé d'autres rivages que ceux de son enfance, parce que son expérience récente de la vie avait à la fois éclairé et durci son regard.

Aix était une ville très fermée ; ou plutôt les familles importantes qui vivaient là depuis plusieurs générations ne se recevaient qu'entre elles, n'avaient que dédain pour les nouveaux venus qu'elles traitaient à peu près de la même façon que les commerçants ou les domestiques. Une exception existait cependant : on voyait volontiers les hauts personnages de l'administration, quoiqu'avec un peu de condescendance, et les militaires, à condition qu'ils fussent de haut grade ou bien célibataires et bons à marier. C'est que les bonnes familles avaient engendré beaucoup de filles qu'on désespérait parfois de placer. Le mariage étant le seul avenir des femmes, les parents les produisaient souvent dans des bals, invitaient les prétendants possibles à des dîners dont la chère était maigre, mais pour lesquels on déployait un grand apparat.

Ainsi Gaston avait-il joui d'une certaine popularité, malgré sa réputation de joueur et de noceur : ne valait-il pas mieux épouser un garçon de médiocre vertu – qui se rangerait, disait-on –, plutôt que de rester fille? Gaston avait été reçu chez les Coudray et chez les Sainte Colombe où on l'avait fêté, il avait valsé avec Amélie de Sainte Colombe et Juliette du Coudray, et avec beaucoup d'autres jeunes personnes qui attendaient tout de la vie et baissaient chastement les yeux en glissant un regard luisant entre leurs cils pâles.

Sa solde presque entière passait en bouquets qu'il offrait, çà ou là, à des personnes qui ne le tentaient pas. Il préférait de beaucoup caresser à la dérobée la main de l'épouse du commandant de son régiment; il la séduisait parfois, et il était arrivé qu'elle l'admît chez elle quand son mari effectuait des manœuvres en dehors de la ville. Il prisait aussi la compagnie intéressée de quelques filles de plaisir qui habitaient la basse ville et dont chacun faisait mine d'ignorer l'existence, mais qui ouvraient volontiers leurs bras, et leur lit, aux fringants militaires de la garnison. Il y avait eu des Lisette, des Paulette, des Carmen, des Roxane dans la vie de Gaston. Il n'en soufflait mot quand il se trouvait dans le beau monde, et bâillait élégamment derrière son gant en attendant que la jeune fille à marier eût fini de pousser sa romance en s'accompagnant au piano. Après quoi il applaudissait, il tournait un compliment, puis il s'en allait, prétextant un rapport à rédiger, vers la basse ville et ses petites putains.

Il jouait aussi au cercle des officiers. Il gagnait, il perdait, et il enrageait de n'avoir pas les revenus qui lui eussent permis de jeter sur la table une poignée de louis avec un geste de prince.

Était-ce parce qu'elle était riche qu'il avait choisi Valentine? Pas seulement : son air virginal l'avait séduit. Mais pauvre, sans doute ne l'eût-il pas regardée, et surtout pas épousée.

Quand il était revenu à Aix nanti d'une épouse, il n'avait pas été trop bien accueilli. Pourtant, le fait qu'il se fût allié à une fille de famille avait plaidé pour lui. Il avait présenté Valentine, on avait daigné la recevoir dans des salons austères qui suaient l'ennui, on lui avait servi une tasse de thé insipide accompagnée de gâteaux secs et rances. Elle s'était tenue, intimidée, au bord des fauteuils à oreilles. Qu'elle fût jolie n'avait pas accru le plaisir qu'on avait à la voir, au contraire. Anne de Crèvecœur, qui vivait seule avec son père et espérait un mari depuis longtemps, ne l'avait même pas invitée à s'asseoir. Il faut dire qu'elle s'était permis quelques privautés dont Gaston avait profité sans vergogne. Ses illusions tombaient. Elle répandait partout le bruit que Valentine était de faible constitution, que sa pâleur n'avait rien d'aristocratique, mais dénotait une santé fragile.

Dans le milieu nouveau où Gaston avait introduit Valentine on parlait de choses qu'elle ne comprenait pas bien. On s'indignait de ce que Dreyfus eût été réhabilité. Valentine avait à peine entendu parler de cet officier qui revenait de l'île du Diable. A peine savait-elle qu'elle ne devait pas lire les romans écrits par un certain Zola parce qu'ils étaient malpropres comme leur auteur. A Aix, où pourtant Zola avait vécu longtemps, il était une espèce d'antéchrist dont on ne prononçait pas le nom. Valentine n'en avait cure. Elle se satisfaisait de sa vie nouvelle, elle essayait de cultiver et d'embellir son jardinet, pour lequel elle avait commandé des plants de rosiers et des delphiniums aux hampes bleu porcelaine. Un jardinier venait l'aider une fois la semaine. De sa fenêtre encadrée de rideaux de mousseline blanche, Valentine regardait s'enrichir les plates-bandes, admirait les buissons touffus de cognassiers du Japon, les bordures de buis qui lui rappelaient celles de son jardin d'enfance.

Elle tâchait d'éduquer sa jeune domestique un peu rustique. Elle écrivait dans son journal intime, cartonné de rose, avec un fermoir doré, les tout petits riens dont était tissée sa vie. Le soir elle attendait Gaston. Au lit, elle se révélait plus douée que son mari n'avait pu l'espérer, et il s'enchantait de ses nouveaux talents qu'on ne lui avait sûrement pas appris au couvent. Elle aimait s'étendre dans le grand lit recouvert d'une courtepointe matelassée, satin, dentelles et rubans. Elle ne s'occupait pas des frasques de son mari : elle n'en avait pas connaissance. Elle s'imaginait sans doute que le mariage avait assagi Gaston, et elle était sûre qu'il l'aimait puisqu'il lui faisait bien l'amour. Elle y prenait tant de plaisir que parfois elle avait des remords; on lui avait enseigné la chasteté, elle découvrait que la fornication, fût-ce avec un mari, n'était peut-être pas conforme aux préceptes de l'Église. Mais dès que Gaston rentrait de la caserne, elle oubliait ses scrupules de conscience, elle se jetait dans ses bras...

Il ne se plaignait pas. Il était de plus en plus avantageux, lissé et lustré; il avait pris un peu de ventre que la tunique de l'uniforme dissimulait encore. Il se sentait heureux, il bénissait son mariage qui lui avait donné l'aisance sans lui poser aucun problème, puisque Valentine n'avait pas même l'idée de se montrer jalouse.

L'album de famille

Dans les fêtes et les réceptions elle était entourée, nombre d'officiers la courtisaient, au dépit des jeunes filles qui faisaient tapisserie. Mais elle ne voyait que Gaston. Elle l'aimait.

Gaston avait une sœur. Parmi les rares photos identifiables qui restent dans l'album, il en est une que je n'ai pas de raison de suspecter. Valentine a écrit sous l'image : Ma belle-sœur.

C'est une très jolie personne en toilette de bal : robe de moire au corsage en pointe sur le devant, grand décolleté à bouillonnés, manches courtes faites de deux volants. Elle ne porte aucun bijou, si ce n'est un bracelet que j'imagine être de corail, enroulé autour de son poignet droit. Elle tient un éventail fermé. Ses cheveux bouffent de chaque côté d'une raie. Son visage est aigu : yeux obliques, bouche fine un peu pincée. Elle a de beaux sourcils, un nez mince et droit. Bien qu'elle soit très jeune – à peine vingt ans – elle n'a pas l'air innocent de Valentine. On dirait qu'elle sait beaucoup de choses, qu'elle les tait. Elle n'est pas rêveuse, elle semble en attente. En attente de quoi ? Du mariage, comme les autres, ou bien de quelque aventure ?

Elle a été photographiée dans la toilette qu'elle avait mise pour se rendre au bal donné par la comtesse du Coudray en l'honneur de sa fille Albine qui faisait son entrée dans le monde. La sœur de Gaston était venue passer quelques jours à Aix, chez son frère et sa belle-sœur. Est-ce que Valentine lui avait offert la robe de moire pâle, ou bien l'avait-elle apportée dans ses bagages, cousue par l'ouvrière de la petite ville où elle habitait avec ses parents ? Elle aimait beaucoup son frère, liée à lui qu'elle était par les souvenirs d'enfance, les promenades qu'ils avaient faites ensemble, les idées qu'ils avaient échangées jadis quand il rêvait de sa future carrière militaire, et qu'elle se demandait ce qu'elle deviendrait, belle et dépourvue de dot, bien décidée à quitter son étroite province, la population de jeunes gens boutonneux qui l'entourait.

Envers Valentine elle éprouvait une certaine affection, mêlée de condescendance. Un peu de jalousie aussi, puisqu'elle lui avait pris son frère. Sur lui elle ne se faisait pas d'illusions ; grâce aux confidences recueillies elle le savait coureur, jouisseur. Quelquefois elle plaignait Valentine amoureuse et crédule, qui ne voyait jamais rien.

Le bal de la comtesse du Coudray fut très réussi. Dans les salons encombrés de bergères Louis XV et de guéridons de nacre, on avait ôté les tapis qui auraient gêné la danse, disposé les meubles près des murs pour faire de la place, installé des banquettes destinées aux personnes d'âge et aux jeunes filles laissées pour compte. Les lustres de cristal à pendeloques scintillaient, et les grands rideaux de moire encadraient les fenêtres ouvertes sur un jardin anglais. La comtesse en toilette prune présentait Albine tout de blanc vêtue comme il sied à une débutante. Des domestiques en livrée à la française offraient des rafraîchissements sur des plateaux d'argent.

Un orchestre à demi dissimulé par une tenture jouait des valses et des polkas. Les jupes des femmes évasées comme de grandes fleurs tournoyaient autour des jambes fines, les escarpins glissaient sur le parquet ciré. Il y avait beaucoup de militaires en tenue chamarrée, et des hommes en frac à haute cravate de soie.

Valentine avait mis une robe de satin jaune garnie de cattleyas qui tombaient en cascade tout le long de son corsage. La couleur de sa toilette avait fait rire sa belle-sœur, et comme Valentine lui demandait pourquoi elle semblait amusée, la jeune fille avait répondu que le jaune était la couleur de la jalousie, ce qui avait laissé Valentine rêveuse. Maintenant elle regardait son mari dont le bras enserrait la taille d'une belle personne, et elle songeait à la réflexion de Pauline.

Emporté par le rythme de la valse, un peu enivré par le parfum musqué de sa cavalière, Gaston osa poser ses lèvres, furtivement, sur les cheveux de la jeune femme. Valentine s'était assise sur la banquette, elle refusait d'un signe les danseurs, elle disait qu'elle se reposait un moment. En fait, elle épiait son mari. Pourquoi Pauline avait-elle parlé de jalousie ? Et suffisait-il que le mot eût été prononcé pour faire naître le sentiment ? Gaston, sûr que Valentine ne le surveillait pas, avait emmené sa conquête vers la fenêtre. A demi dissimulés par les plis du grand rideau mordoré ils s'étaient embrassés. « Voilà Gaston qui fait des siennes », dit Pauline en s'éventant négligemment. Elle avait un peu trop chaud, à cause de l'ardeur de la valse, quelques gouttes de sueur perlaient audessus de sa lèvre supérieure, dans le duvet léger qui l'ombrait à peine. « Que voulez-vous dire ? » dit Valentine. Mais elle le savait bien. Elle avait reconnu la cavalière de Gaston : la jeune épouse d'un officier, qui se prénommait Charlotte. Brune, d'une beauté un peu vulgaire, Charlotte passait pour une femme qui ne refusait pas les hommages, ce que son mari tolérait, soit parce qu'il ne s'en apercevait pas, soit que, plus âgé qu'elle, il fût enclin à l'indulgence, voire à l'indifférence.

Valentine n'était ni indulgente ni indifférente. Et tandis que Gaston et Charlotte revenaient vers le centre du salon pour danser encore, elle se leva, prétexta la fatigue et dit qu'elle voulait se retirer. La comtesse du Coudray tenta de la retenir, mais Valentine fendit la foule et s'approcha de Gaston. Elle vit de tout près Charlotte dont les yeux sombres étaient surmontés de sourcils trop épais, comme il arrive chez les brunes. Elle nota que sa bouche était large, que ses mains manquaient de finesse, que ses pieds étaient trop grands. Elle dit à son mari qu'elle désirait rentrer se reposer.

Gaston dut acquiescer. Pauline, obligée de les suivre, était fâchée d'avoir à quitter le bal si tôt. Dans le fiacre, Valentine se laissait aller contre le dossier de moleskine. Elle était pâle et les cattleyas de son corsage se fanaient. Elle ne disait mot, Gaston non plus, qui lui en voulait de l'avoir arraché à son plaisir.

Elle monta dans sa chambre, elle se dévêtit sans l'aide de sa domestique qui dormait, sans celle de son mari qui se plaisait d'habitude à délacer son corsage et même à lui ôter ses bas. Elle s'étendit, et elle se mit à penser.

Gaston, au rez-de-chaussée, fumait un cigare, buvait une liqueur, retardait le moment d'aller retrouver sa femme. Pauline avait regagné son appartement. Dans le silence de la maison, Valentine repassait en esprit des scènes auxquelles elle n'avait pas attaché d'importance, sentait bouillonner en elle un flot de suspicion, de crainte, de colère et de chagrin. Elle se disait qu'elle questionnerait Pauline dès le lendemain. Des larmes perlaient sous ses paupières fermées. Enfin elle sombra dans le sommeil. Quand Gaston se décida à monter la rejoindre, il la trouva assoupie, toute recroquevillée au bord du grand lit au dosseret de bois doré.

Le lendemain la vie reprit un cours normal. Valentine pensait parfois qu'elle avait rêvé aussi bien l'attitude de Gaston que sa jalousie. Pourtant elle gardait un mauvais souvenir du bal de la comtesse du Coudray. Pauline, qui avait été frustrée d'une partie de la soirée, affichait une mine boudeuse. Elle n'avait plus que quelques jours à passer à Aix, et la perspective de rejoindre ses parents dans leur bourgade la rebutait. Les deux belles-sœurs se tenaient le plus souvent dans le salon. Valentine brodait un éternel point de croix sur son tambourin ; Pauline ne faisait rien, elle touchait un bibelot, un autre, elle s'approchait de la fenêtre et regardait le petit jardin qui roussissait, prenait ses couleurs d'automne. Seuls, les buis restaient verts autour des plates-bandes qu'éclairaient encore quelques dahlias, des chrysanthèmes, une touffe de soucis.

C'était la fin d'une saison, il faisait gris. Les deux jeunes femmes s'ennuyaient. Valentine se rappelait qu'elle avait décidé d'interroger Pauline à propos de son frère, mais elle ne savait par où commencer. Ce fut Pauline qui parla la première. Elle dit que, décidément, le mariage avait peu changé Gaston. Valentine la regardait, l'air interrogateur. Pauline dit que son frère n'avait jamais pu laisser passer une jolie femme à sa portée sans en profiter. Elle dit aussi qu'il s'en prenait de préférence aux femmes mariées qui risquaient moins de lui causer des mécomptes, si ce n'était quand il entrait en rivalité avec un mari jaloux. Il s'était deux fois battu en duel pour des belles qu'il avait ensuite oubliées. Valentine ouvrait des yeux effarés. Pauline rit : ainsi, sa belle-sœur s'était mariée sans rien savoir du caractère de Gaston ? Il est vrai qu'elle était bien jeune. Pauline avait été la première étonnée par ce mariage, elle pensait que Gaston resterait célibataire et continuerait de mener joyeuse vie.

Elle ajouta perfidement que Valentine était riche, et que Gaston avait des dettes de jeu à régler. Elle dit aussi que, d'ailleurs, le mariage n'empêchait pas tout, et que le comportement de son frère lors de la soirée de la veille l'avait prouvé.

Valentine ne répondait pas. Elle était effarée, bouleversée, et tout à coup le monde lui apparaissait aussi sombre que le ciel gorgé d'eau qui allait bientôt se répandre en averse.

Est-ce que Pauline se vengeait de Valentine qui l'avait privée du bal ? Était-elle méchante ? Je le crois volontiers, à voir sa bouche mince et le regard dur de ses yeux obliques.

A moins que, par charité, ou par solidarité féminine elle eût tenu à mettre en garde Valentine en lui ôtant ses illusions ?

Elle dit qu'elle se morfondait dans ce salon mal éclairé, elle avait envie de sortir, d'aller faire un tour jusqu'au cours Mirabeau. Mais la pluie menaçait. Elle proposa une partie de dames. Valentine refusa d'un signe de tête. Elle s'était arrêtée de broder, elle avait les joues blêmes, au point que Pauline lui demanda si elle se sentait mal. Elle dit que non, qu'elle éprouvait un peu de fatigue seulement, et qu'elle allait s'étendre. Elle monta dans sa chambre. Elle pleura, puis elle s'endormit comme on se noie, sur la courtepointe de soie bleue.

Pauline repartit. Elle n'avait pas trouvé de mari, malgré sa beauté et son élégance. Elle embrassa Valentine avec effusion ; Valentine lui dit qu'elle pourrait revenir quand elle le voudrait. En fait, elle était soulagée du départ de sa belle-sœur. Elle allait pouvoir être malheureuse tout à son aise. Elle se mit à devenir suspicieuse, et désormais elle guetta les retours de Gaston. Parfois il rentrait tard, prétextant un rapport à finir. Il essayait de lui parler des bruits de guerre qui résonnaient à travers l'Europe, de la possibilité d'un conflit. Mais elle n'écoutait pas. Elle se moquait de la question marocaine, de l'Autriche et de la Bosnie, de l'agitation dans les Balkans. Elle flairait le corps de son mari, elle y cherchait un parfum de femme étranger au sien. Elle inspectait à la dérobée sa tunique, espérant et redoutant d'y découvrir un indice, un cheveu, un fragment d'étoffe. Elle ne trouvait rien. Elle fouillait ses poches : est-ce qu'un billet doux n'y était pas glissé ? Mais ou bien Gaston était innocent, ou bien il cachait son jeu.

Elle était de plus en plus pâle. Gaston finit par s'alarmer, fit venir un docteur qui lui ordonna de boire de l'eau ferrugineuse. On mit des clous rouillés dans une carafe, elle dut avaler la décoction à goût de fer trois fois par jour. Elle prit aussi de la Jouvence de l'abbé Soury. Le docteur dit qu'une grossesse serait la bienvenue, et que peut-être Valentine sans le savoir désirait un enfant. Elle eut beau faire, elle ne tomba pas enceinte. Sa taille demeurait désespérément fine. Les dames de son entourage enviaient sa minceur, son allure de sylphide. Pour remédier à sa pâleur elle prit l'habitude de mettre un peu de rouge sur ses joues.

Elle avait acheté dans une boutique élégante

une robe de surah mauve à haut col rebrodée de pierres de couleur. Le corsage cintré mettait en valeur sa taille étroite. La jupe ample était faite de larges plis retenus par-derrière dans un flot de nœuds garnis de cordelière. Un jupon plissé dépassait de la jupe. Les manches étaient longues et se retournaient sur le poignet. C'était une toilette d'hiver qui cachait les bras et le cou. Valentine la mettait pour faire des visites. Le froid était venu, il neigeait sur le jardin vide, les buis devenaient blancs ; et les fontaines du cours Mirabeau se paraient de stalactites de glace.

Pour se rendre chez ces dames Valentine demandait un fiacre ; elle appuyait ses bottines sur une chaufferette et s'enroulait dans sa mante, les mains cachées dans un manchon. Elle mettait pied à terre, précautionneusement, elle frappait à la porte. Un domestique l'introduisait dans le salon où quelques femmes bavardaient en grignotant des petits fours autour de la générale qui avait fière allure, de moire sombre vêtue.

Chez la comtesse de Faucompré le salon était

orné de hautes plantes vertes, des sortes de palmiers qui jaillissaient de cache-pot en barbotine rose et verte. La comtesse avait un fils en bas âge que la nourrice apportait, engoncé dans une robe de broderie anglaise. Chacune s'extasiait sur la bonne mine de l'enfant. Quand on l'avait bien admiré, la nourrice le ramenait vers sa chambre. La conversation roulait sur les joies que donne la maternité. Valentine pensait que si elle avait pu enfanter elle aussi, elle se serait, peut-être, désintéressée des aventures supposées de son mari. Son air de mélancolie n'échappait pas à son hôtesse, qui la gourmandait doucement. S'ennuyait-elle de sa famille ? Regrettait-elle la campagne ? Elle hochait la tête négativement. Un poêle dans le fond de la pièce dispensait une douce chaleur, du feu brûlait dans la cheminée de marbre gris. Valentine regardait les flammes, elle se rappelait les flambées qui éclairaient le salon jaune et vert de sa maison d'enfance. Elle se détendait ; elle se sentait presque bien. Puis une visiteuse entrait. Valentine la reconnaissait, c'était l'épouse d'un des camarades de Gaston. Elle était jolie. Valentine se demandait si son mari l'avait courtisée, séduite. Elle retombait dans sa jalousie.

Un jour elle rencontra la belle Charlotte. Elle faillit se trouver mal. Et comme on s'empressait autour d'elle, elle dit que ce n'était rien, qu'elle avait dû trop serrer son corset. On se récria : qu'avait-elle besoin de rétrécir sa taille, qu'elle avait si fine. Elle se reprit, elle remercia son hôtesse et prit congé. Il lui semblait que Charlotte lui avait jeté un regard ironique.

Le soir, elle inspecta de nouveau les vêtements de son mari. Elle eût été presque heureuse de découvrir un cheveu noir qui lui aurait au moins prouvé qu'elle avait raison de soupçonner Gaston. Au lieu de reconnaître qu'elle se trompait en l'accusant, elle pensa qu'il était habile et le jugea encore plus mal.

Cependant, quand le soir venait et qu'il la prenait dans ses bras, elle se laissait aller, heureuse de retrouver son ardeur. Le temps de leur étreinte elle oubliait tout. Puis, quand il s'était endormi, elle recommençait d'échafauder ses mauvais songes.

Je me regarde écrire l'histoire de Valentine, la reconstituer, ou l'inventer à partir de vieilles images. Je me regarde feuilleter l'album de cuir à monogramme d'argent.

Comment puis-je m'intéresser à la jalousie de Valentine, aux frasques de Gaston, alors que tant de peines m'occupent et que j'ai le cœur si lourd depuis la mort de mon mari et celle de ma petite-fille ? Sans doute ai-je besoin d'écrire encore et de découvrir – ou de créer – des personnages différents de moi, qui remontent d'un autre temps. Et puis, que sais-je aujourd'hui de la vie de Valentine, puisqu'elle n'est pas écrite encore ; elle a peut-être souffert elle aussi, elle a peut-être découvert qu'après une enfance heureuse il arrive qu'on s'avance sans le savoir vers des déchirements, des deuils, à coup sûr vers la vieillesse.

Les photos tombent de l'album, se replacent dans un désordre que ni moi ni Valentine ne pouvons contrôler. J'entrevois des personnages que je ne connais pas, dont je ne sais pas le rôle dans la vie de mon héroïne, non seulement le rôle qu'ils ont pu avoir, mais celui que je veux leur donner. Je vais les reprendre, je vais continuer à écrire le roman de Valentine. Ne faut-il pas toujours, quoi qu'il arrive, continuer?

Valentine aurait pu parler à son mari, lui poser des questions sur ses fréquents retards, sur son attitude qu'elle ne pouvait pas ne pas constater lorsqu'ils allaient ensemble dans le monde, vis-à-vis des femmes séduisantes auxquelles il faisait ouvertement la cour. Elle n'osa jamais. Parfois elle boudait et demeurait silencieuse et pleine de reproches voilés. Il mettait sa mine triste sur le compte de son anémie, de sa faible constitution, alors qu'elle n'était minée que par les soupçons. Elle alla jusqu'à le suivre un jour, d'assez loin pour qu'il ne s'en aperçût pas : elle le vit entrer dans l'hôtel particulier d'Anne de Crèvecœur, son ancienne amoureuse. Cette femme qui n'était plus très jeune – elle avait plus de trente ans – et dont la beauté commençait de se flétrir, devint sa bête noire. Quand elle la voyait entrer dans un salon elle se levait, elle demandait son manteau. Pour éviter de la saluer elle faisait un détour, ou bien elle passait devant elle le regard vague, comme si elle ne l'avait pas aperçue. Les personnes qui les recevaient n'étaient pas dupes, elles se contentaient de sourire, parce que pour elles les incartades de Gaston n'étaient pas nouvelles, et qu'elles lui accordaient leur indulgence. Seulement elles tenaient leurs filles loin de lui : il n'était plus un jeune homme à marier, et elles redoutaient qu'il s'en prît à leurs oies blanches. Mais Gaston ne regardait que les épouses, et ç'eût été plutôt aux maris de se méfier.

Valentine avait choisi un « jour », parce qu'il le fallait. C'était le mercredi. Désormais elle recevait une fois la semaine ceux et celles qui voulaient lui rendre visite. Elle les accueillait avec grâce, elle s'empressait, offrait l'éternelle tasse de thé accompagnée de petits fours. On disait du bien d'elle, de son élégance, de ses manières raffinées qui dénotaient une bonne éducation. D'ordinaire les femmes arrivaient les premières, leurs époux se contentaient de venir les chercher dans la soirée, quand ils quittaient leur travail. Ils s'asseyaient un instant, ils causaient de choses et d'autres. Ils se permettaient parfois de parler de la situation internationale, de leurs inquiétudes à propos d'une guerre possible. On les faisait taire : il semblait malséant de mêler des propos trop graves à une conversation qui se devait de demeurer futile. Gaston essayait de seconder sa femme, s'empressait autour des visiteuses. Valentine, sans qu'il y parût, restait aux aguets.

Quand la belle Charlotte se faisait annoncer, l'attention de Valentine redoublait. Mais Gaston ne la traitait pas autrement que les autres ; il n'eût pas voulu se compromettre dans sa propre maison.

Valentine s'était prise d'affection pour Annie Anorée, une jeune femme fine et douce qui inspirait la sympathie. C'était l'épouse d'un camarade de Gaston. Elle figure dans l'album, ce qui prouve qu'elle et Valentine avaient fini par devenir amies. C'est une jolie personne à l'air pensif, aux traits fins. Elle porte ses cheveux relevés en brioche, une guimpe à col montant, une écharpe de fourrure légère.

Elle avait conquis la confiance de Valentine qui osa lui confier ses secrets. Annie la rassurait comme elle pouvait à propos des aventures supposées de Gaston ; elle disait que même si les soupçons de Valentine étaient justifiés, cela n'avait pas grande importance, puisque Gaston l'aimait. Des aventures passagères, quel homme n'en avait pas ? Valentine n'était pas de cet avis, mais après ses entretiens avec Annie, elle se sentait plus calme, et plus encline à l'indulgence. Et elle était sûre, au moins, qu'Annie n'essayerait pas de lui prendre son mari.

L'attentat de Sarajevo, en juin 1914, mit fin à l'aveuglement volontaire et à l'insouciance de Valentine et de ses amies. Cette fois il leur fallut bien admettre qu'une guerre était possible, probable même, et dans un proche avenir. Alors tout à coup Valentine oublia sa jalousie, elle ne se préoccupa plus que du sort de Gaston. Il était militaire, il faisait partie du corps du Génie dont la devise est : « Détruire parfois, construire souvent, servir toujours. » Où irait-il servir ? Où irait-il risquer sa vie ? Elle l'imaginait sabre au clair, face à la horde des soldats ennemis, elle le voyait blessé, mort peut-être. Elle pleurait souvent, mais ce n'était plus des larmes de dépit qu'elle versait, c'était des larmes d'angoisse, d'amour. Quand Gaston la prenait dans ses bras elle s'imaginait toujours faire l'amour avec lui pour la dernière fois. Elle se donnait avec emportement. Elle se disait qu'elle eût tout accepté pour qu'il fût dispensé d'aller se battre, même sa liaison avec Charlotte ou avec Anne de Crèvecœur. Mais il ne se préoccupait plus de ses faciles conquêtes, il s'inquiétait pour Valentine, il la suppliait d'aller se mettre à l'abri dans sa famille. Elle refusait : elle demeurerait près de lui autant qu'il resterait à Aix, elle ne se résoudrait à partir que le jour où il devrait la quitter.

Ses parents lui écrivaient, la pressaient de venir les retrouver. Elle répondait à peine. Le pavillon qu'elle habitait lui devenait cher pour avoir été le lieu dans lequel elle avait passé les premières années de son mariage. Elle ne le quittait presque plus. D'ailleurs les réceptions et les après-midi de thé avaient cessé. Une à une les femmes d'officiers s'en allaient ; ne demeuraient à Aix que celles dont les maris avaient passé l'âge de combattre. Valentine errait parmi les meubles qu'elle aimait, elle arpentait le jardin qui n'avait jamais été plus beau avec ses plates-bandes fleuries, ses roses et ses delphiniums, ses mahonias aux grappes jaunes, ses buissons de cognassiers japonais, ses lis qui jaillissaient, corolles immaculées au sein des touffes vertes de leurs feuilles vernissées. Ses semelles faisaient crisser le gravier de l'allée. Elle adressait à Dieu de muettes prières, elle tordait ses mains. Il faisait déjà chaud, le soleil brillait dans le ciel d'un bleu vif. Elle se demandait pourquoi des hommes voulaient se lancer les uns contre les autres, se faire tuer, ou tuer.

Annie était allée se réfugier chez ses beaux-parents, en Sologne. La comtesse du Coudray avait rejoint un château que possédait sa famille en Auvergne. Henri et Marie adjuraient Valentine de venir les retrouver. Elle disait qu'elle attendrait le dernier moment.

Elle n'attendit pas longtemps. Le 1er août, les murs se couvrirent d'affiches blanches frappées de deux drapeaux croisés : Armée de terre et armée de mer. Ordre de mobilisation générale.

Le régiment de Gaston fut envoyé vers l'Est. Il s'arracha aux bras de Valentine et s'en alla.

Alors elle fit ses paquets, elle ferma la maison, et monta dans la diligence avec sa servante, les yeux rouges et gonflés, le cœur lourd. Elle emportait peu de choses, elle voulait croire que la guerre ne durerait pas, que bientôt elle reviendrait.

Dans l'album, deux images traînent, deux cartes postales qui n'ont pas été fixées sur les pages. L'une a été envoyée je ne sais quand et de je ne sais où : le cachet de la poste est indéchiffrable. La photo représente une quinzaine de militaires dont trois sont assis sur un banc, devant les autres. L'un d'entre eux fume la pipe. Tous portent des uniformes fripés, ils ont l'air triste et las. Ils regardent au loin. Derrière eux il y a un mur nu, une porte entourée de briques. Où sont les jeunes garçons dont j'ai entendu parler et qui s'en allaient fleur au fusil? Sans doute avaient-ils compris déjà que cette guerre ne serait pas une partie de plaisir ou, comme on disait « une promenade militaire ». La carte est adressée à Adèle de Sainte Opportune; sur la place destinée à la correspondance une main a seulement tracé un mot : « Souvenir. » C'est signé « Félix ».

L'autre carte ne porte pas d'adresse, elle a dû être donnée de la main à la main, ou transmise par un camarade permissionnaire. Elle montre deux soldats, l'un tirant, l'autre poussant un chariot. Ils marchent dans une prairie qui fut peut-être pelouse, devant la façade d'un château. Plus loin, sur la droite, des tentes sont dressées. Est-ce qu'on avait logé des officiers dans le château, les hommes de troupe sous les tentes? Les deux soldats sourient, l'un porte une pipe entre les lèvres. Au verso de la carte il y a une date : « Juillet 1915 », et un nom : « Félix Merlette. »

Qui est ce Félix qui n'a pas trouvé sa place dans les fenêtres entourées d'or? Est-ce le filleul de guerre d'Adèle? A cette époque déjà, et comme la guerre durait, on avait demandé aux jeunes filles d'adopter un filleul, à qui elles écrivaient, envoyaient leur photo, qu'elles recevaient quand il venait en permission, si sa propre famille se trouvait trop éloignée ou isolée dans une région de combats. Il se peut qu'Adèle eût adopté Félix Merlette, par hasard, puisqu'elle ne le connaissait pas et qu'on le lui avait confié. Ni Henri et Marie, ni l'oncle Augustin n'avaient été d'accord, mais ils avaient dû s'incliner devant la résolution d'Adèle, qui de plus ne faisait que se conformer aux conseils des Autorités.

Adèle écrivait donc à Félix, qui lui répondait. Il lui racontait brièvement, avec beaucoup d'ellipses, les malheurs de la guerre, ses propres souffrances, sans dire jamais où il se trouvait, pour ne pas trahir le secret militaire.

Après la guerre d'offensive qui s'était achevée par la victoire de la Marne, les combats s'étaient enlisés, et les militaires aussi, au sens propre, puisqu'on avait commencé de creuser les fameuses tranchées dans lesquelles les hommes se terraient, traînant leurs lourds souliers dans une boue qui ne séchait jamais, qui finissait par les recouvrir d'une espèce de carapace.

Dans la maison de ma mère, bien rangé au fond d'un placard à côté des décorations de mon père il y a un coffret de bois ; il contient une sorte de lunette à travers laquelle on peut regarder des vues tirées en double sur des plaques de verre. La vision stéréoscopique donne le relief, et chaque image vous saute au visage. Ce sont des vues de la guerre, prises dans les tranchées ou autour d'elles : une suite de visages hâves et sales, d'uniformes pris dans une gangue de boue. On voit aussi des images de cadavres mutilés, ceux qu'on n'a pas pu aller chercher sans doute, et qui sont restés là, qui ont achevé de mourir, leur sang se mêlant à la terre.

Nous n'avions que rarement le droit de regarder le stéréoscope ; quand mon père le sortait du placard, c'était avec une sorte de cérémonie. Pour ma sœur et moi, les plaques ne représentaient que l'horreur et une infinie misère. Mais pour notre père, c'était son passé qu'il nous permettait de regarder.

Au début de la guerre, Gaston avait écrit souvent à Valentine. C'étaient des lettres courtes qui ne disaient pas grand-chose, sinon que Gaston pensait à sa femme et qu'il l'aimait. Elle aurait voulu savoir où il était, ce qu'il faisait, et surtout qui il voyait. Il n'en parlait pas. Henri disait qu'il devait se conformer au secret militaire. Mais Valentine était insatisfaite. Elle avait vu, sur la carte que lui avait montrée Adèle, le château dans lequel elle supposait qu'on logeait des officiers. Il y avait une grande façade, un balcon au-dessus d'une porte monumentale, face à une terrasse à balustres. Sur le côté on apercevait une aile, flanquée de poivrières. Presque toutes les persiennes étaient fermées, mais peut-être les écartait-on le soir, quand les officiers dînaient, entre deux batailles. Valentine pensait que Gaston logeait dans un château semblable. Qu'y faisait-il ? Peut-être y donnait-on des fêtes certains soirs, quand les hommes étaient au repos. Les propriétaires du château avaient-il quitté le pays, ou bien s'étaient-ils réfugiés au dernier étage dont les fenêtres restaient ouvertes ? Y avait-il des femmes parmi eux ? Valentine les voyait jeunes, belles, toutes dévouées aux occupants, prêtes à toutes les faiblesses pour ceux qui étaient prêts à mourir. Sa jalousie l'avait reprise, plus forte que son inquiétude pour son mari.

Pourtant la guerre continuait, les armées s'enlisaient à Verdun, dans la Somme.

On avait fait des prisonniers, certains avaient été envoyés jusqu'au village. Ils étaient plutôt bien traités. On les employait à travailler au tout-à-l'égout qu'on installait. Tranchée pour tranchée, les soldats creusaient encore la terre.

Adèle attendait une permission de son Félix, qu'elle avait obtenu de loger dans la grande maison. Henri et Marie avaient aménagé une chambre au dernier étage, elle était isolée du reste de la demeure. Pour l'atteindre il fallait franchir le grand escalier, traverser un vestibule. C'était pour protéger Adèle sans doute : elle n'aurait pu se hasarder dans la chambre de son filleul sans que sa famille en fût avertie.

Félix arriva un dimanche. On était en novembre, les roses du jardin étaient mortes; quelques chrysanthèmes résistaient encore. Félix était hâve, dépenaillé dans son uniforme kaki, les joues salies de barbe. Il avait voyagé longtemps dans un train de soldats, dormi tant bien que mal sur une banquette de bois. Adèle s'occupa de lui, lui retira ses bandes molletières, ses godillots usés. Elle lui prépara un bain. Elle lui prêta, sans permission, un costume de son père, bien trop large pour lui.

Félix parlait peu. Il évoquait l'enfer du Nord, la boue, les tirs de l'ennemi, et les amis morts. Puis il se taisait, longtemps. Adèle le servait à table, lui versait du vin. Il reprenait des couleurs. Henri et Marie le regardaient, perplexes, partagés entre la pitié et le dégoût.

Adèle le promena dans le jardin triste, le fit asseoir près d'elle sous la tonnelle défleurie. Elle se rappelait les conciliabules de Valentine et de Gaston sous les arceaux de roses. Elle tenait la main de Félix entre les siennes. Elle voulait lui faire oublier sa souffrance, au moins pour quelques jours. Marie avait demandé à Valentine de les surveiller, mais Valentine avait refusé le rôle de chaperon, encore plus celui d'espion. Henri et Marie attendaient avec impatience la fin de la permission de Félix, et ils en éprouvaient du remords.

Une nuit, comme elle ne dormait pas, Valentine entendit glisser sur le parquet le pas léger d'Adèle ; elle supposa que sa sœur allait rejoindre Félix dans sa chambre. Elle ne dit rien. Elle pensa seulement qu'elle eût agi de même si elle et Gaston, avant leur mariage, avaient été séparés, en butte à la famille.

Quand Félix partit, de nouveau revêtu de

son uniforme qu'Adèle avait pris soin de faire nettoyer, elle l'accompagna jusqu'à la diligence. Elle osa l'embrasser devant tout le monde. Quand elle se retrouva chez elle, elle annonça à ses parents que Félix et elle s'étaient fiancés, qu'ils se marieraient après la fin de la guerre.

Il ne se passait pas de semaine sans que le maire vînt rendre visite à l'un de ses administrés. Quand on le voyait passer, grave et solennel, chacun se demandait avec angoisse où il s'arrêterait. Parce qu'il venait, comme son devoir le lui demandait, annoncer à une famille du bourg la mort d'un de ses enfants. On disait : mort au champ d'honneur. De quel champ, de quel honneur s'agissait-il? Était-il glorieux de mourir dans la boue, d'agoniser longtemps dans un trou d'obus, tandis que les tirs ennemis empêchaient qu'on vînt secourir le blessé, ou l'aider à mourir?

Alors les familles cherchaient une belle

photo du mort, la mettaient dans un cadre, sur le buffet de la salle à manger, et l'entouraient de rubans tricolores. Il devenait comme le dieu lare de la maison, on s'inclinait devant lui, on posait devant le portrait un bouquet de fleurs. Un jour, peut-être, on graverait son nom en lettres d'or sur un monument.

Il n'y avait pas de cérémonie au cimetière : les soldats, ou leurs restes, étaient enterrés sur place ; on plantait une croix de bois avec leur nom sur leur sépulture, pour les honorer un peu, pour qu'on les retrouvât plus tard après la fin du cauchemar. Au village, on faisait dire une messe à leur mémoire. On prenait le deuil.

Cette guerre ne finissait pas.

Gaston était venu deux fois en permission. Il avait maigri, son teint s'était hâlé. Valentine le trouva plus séduisant que jamais. Il lui parla des ponts qu'il avait fait sauter, de ceux qu'il avait fait construire. Au contraire de Félix, il parlait d'abondance, autour de la table de famille, il ne tarissait pas. Il avait dû se procurer quelque part un uniforme de rechange, le sien rutilait.

Le soir, Valentine se retrouva dans ses bras et elle aima cette odeur d'homme, cette chaleur, ces étreintes qu'elle avait presque oubliées. Elle eut envie de lui demander des comptes sur les conquêtes qu'il avait dû faire, sur les femmes que sa belle mine et son statut de héros avaient impressionnées. Elle n'osa pas. Il devait repartir très vite, et elle se demanda s'il n'avait pas coupé sa permission en deux, lui en réservant une part, et gardant l'autre pour elle ne savait qui. Dans ses poches, qu'elle ne put s'empêcher de fouiller, elle ne trouva rien qu'un billet informe signé Mathilde qui disait seulement : « A bientôt. » Ce prénom de Mathilde se mit à la hanter. Elle en parla à Adèle, qui l'écouta à peine : quand les hommes étaient en danger, qu'avaient leurs femmes à se soucier de broutilles.

Adèle qu'elle avait retrouvée avec tant de joie n'était plus sa sœur aimante, toute dévouée à elle, la suivant pas à pas, épousant toutes ses plaintes et toutes ses pensées. Elle ne songeait qu'à Félix, pour qui elle tricotait sans se lasser passe-montagnes et chaussettes de laine, à qui elle écrivait des lettres qu'il ne recevrait peut-être jamais. Il lui fallait convaincre ses parents de donner leur consentement à son mariage. Ils se montraient de plus en plus réticents ; ils venaient d'apprendre que Félix ne possédait pas de famille, qu'il n'était rien d'autre qu'un enfant de l'Assistance publique. Sans se le dire, et parce qu'ils en avaient honte, ils espéraient que le fiancé d'Adèle se lasserait, ou bien, plus grave encore, qu'il se ferait tuer avant la fin des combats.

La guerre d'offensive avait recommencé. Les Allemands semblaient devoir remporter la victoire. Puis ils reculèrent de nouveau. La seconde victoire de la Marne rendit à tous l'espoir. Henri et l'oncle Augustin ne cessaient de trinquer en l'honneur de ceux qu'on appelait « les poilus ». Ceux d'entre eux qui se trouvaient en convalescence dans la maison que la municipalité avait mise à leur disposition espéraient qu'ils n'auraient plus à repartir sur le front. Il faisait chaud. Le mois de juillet jetait ses flamboyances sur le jardin où Adèle rêvait de Félix et Valentine songeait à Mathilde. Les deux sœurs se tenaient le plus souvent sous les arceaux de roses dans l'odeur sucrée des fleurs et le bourdonnement des abeilles. « Tu dois m'aider », disait Adèle. Et Valentine, sur un ton désabusé, répondait : « Tu sais les hommes... »

Elle connaissait depuis peu le jeune Jean Colleau qui avait été réformé à cause d'une blessure à la jambe. C'était un des clercs de son père. Il figure dans l'album en milieu de page, debout contre une tapisserie. Il a l'air rêveur, le front haut. Il a trente ans à peine. Sa situation de peu d'importance ne l'empêchait pas d'être reçu chez les Sainte Opportune, car il possédait de grands biens. Il était gai, il racontait de plaisantes histoires à Valentine pour la faire sourire. Il voulait devenir écrivain ; parfois il apportait à Valentine quelques pages qu'il lui lisait, assis dans le grand salon ou sur la terrasse jusqu'où montait l'odeur des feuilles et des fleurs, et de la terre qu'on venait d'arroser. En sa présence, Valentine oubliait Gaston et Mathilde, et sa jalousie.

Sur la photo, Jean Colleau est appuyé contre un guéridon, à cause de sa jambe malade sans doute ; à moins que ce ne soit en vue d'une mise en scène de photographe. Tout ce qu'on pourrait à la rigueur lui reprocher ce sont ses oreilles un peu décollées, et aussi sa boiterie légère ; mais ne l'avait-il pas rapportée d'un combat ?

Cependant Monsieur le Maire continuait de venir annoncer la mauvaise nouvelle aux familles du bourg. Malgé la seconde victoire de la Marne, les combats continuaient, des hommes tombaient encore. Des familles en deuil posaient sur les buffets des salles à manger des portraits de héros, qu'on disait morts pour la France, et qui peut-être s'étaient éteints, seuls et misérables, sans savoir pourquoi ils avaient donné leur vie. Partagés entre désespoir et fierté les parents exhibaient leurs vêtements de deuil.

Malgré la réprobation des Sainte Opportune, Félix était revenu deux fois en permission. Puis Adèle n'avait plus eu de ses nouvelles. Elle voulait croire qu'il allait surgir un matin, qu'il apporterait l'annonce de la victoire, et que Marie et Henri, enfin, donneraient leur consentement au mariage. Elle ne ressemblait plus guère à la grosse petite fille aux boucles d'oreilles d'or qu'elle avait été. Elle attendait Félix, elle s'étiolait.

Valentine pensait de moins en moins à Gaston et à Mathilde, elle passait de plus en plus de temps avec Jean Colleau.

Une lettre arriva, adressée à Adèle ; son écriture n'était pas celle du soldat Félix Merlette, c'était celle d'un camarade, un des compagnons de Félix. Elle annonçait sa mort au combat. Le compagnon avait trouvé la photo et l'adresse d'Adèle dans sa vareuse.

Adèle s'évanouit, tomba de tout son long sur le tapis du salon. Il fallut appeler l'officier de santé qui parvint à la faire revenir à elle. Elle regarda ceux qui l'entouraient, toutes ces têtes penchées sur elle ; la mémoire lui revint. Elle se mit à pleurer. Elle ne s'arrêta plus, malgré les remontants et l'eau de fleur d'oranger dont on l'abreuva toute la nuit. Et quand elle n'eut plus de larmes elle continua de sangloter, à sanglots secs qui la déchiraient. Elle finit par s'endormir. Le lendemain, elle appela Valentine. Elle lui dit qu'elle était enceinte. Puis elle s'évanouit de nouveau...

Est-il né, l'enfant d'Adèle, et qu'en a-t-on fait? Il ne manque pas, dans l'album de photos, de bébés anonymes, assis sur des coussins ou sur des peaux d'ours, demi-nus, le visage rond et les yeux effarés. Il y a aussi de tout jeunes garçons en costume de velours, col et manchettes de guipure, coiffés de chapeaux bretons. L'un d'entre eux est-il l'enfant de Félix Merlette et d'Adèle?

Adèle n'avait pas averti Félix de son état. Elle attendait qu'il revînt enfin de la guerre. Elle comptait se servir, aussi, de sa grossesse comme d'un argument définitif pour obtenir l'accord de ses parents à son mariage. C'est du moins ce qu'elle confia à Valentine.

Il y avait bien des femmes dans le village qui connaissaient des herbes pour faire « passer » les enfants. Valentine en parla à sa sœur. Adèle se récria : cet enfant qui allait venir, c'était tout ce qui lui restait de Félix, elle le garderait, envers et contre tous.

Elle était allongée dans une chaise de rotin, sur la terrasse. Le soleil était chaud. Elle était pâle, ses yeux clairs cernés de mauve s'enfonçaient dans son visage amaigri. En peu de jours elle avait changé au point que sa sœur s'alarmait pour elle. Ses parents ne lui parlaient guère, elle leur répondait à peine. Elle ne tolérait que la présence de Valentine.

La guerre allait vers sa fin. Valentine disait que c'était triste de mourir à la fin des combats. Adèle répliquait que mourir, de toute façon était triste quand on avait à peine plus de vingt ans. Il fallait qu'elle avertît ses parents de son état. Dans le même temps elle redoutait leur colère, et elle s'en moquait éperdument.

Elle se résolut à parler un matin que sa mère lui apportait une tasse de bouillon. Sans préambule elle dit abruptement : « Je suis enceinte de Félix. » Marie laissa tomber la tasse. Adèle se sentit mieux. Elle ferma les yeux.

Il fallut bien envisager la situation telle qu'elle se présentait. Les Sainte Opportune tinrent conseil. L'oncle Augustin dit que de son temps les jeunes filles étaient moins libres et que si on avait mieux surveillé Adèle rien ne serait arrivé. Henri penchait la tête, ne se résolvant pas à croire que sa petite Adèle avait été profanée. Marie pleurait. Nul ne pensait à Félix Merlette qui avait agonisé, qui avait souffert longtemps peut-être, et qui était mort avec l'amour d'Adèle au cœur.

De l'avis de la famille, il était impensable qu'Adèle exhibât sa grossesse dans le bourg, on devait l'éloigner, la faire accoucher en secret.

Valentine pensa à Annie de qui elle était assez proche pour lui demander un tel service. Elle lui écrivit, Annie répondit aussitôt qu'elle acceptait de recevoir Adèle. Mais Adèle refusa : elle voulait se montrer enceinte aux yeux du monde, elle n'en éprouvait nulle honte, plutôt une espèce de fierté.

On avait fait venir l'officier de santé qui ne put que constater ce que chacun savait déjà ; pour Adèle ce fut un pénible moment, un examen qui l'humilia.

La date de la naissance était facile à prévoir, puisque la conception datait de la dernière permission de Félix.

Adèle promenait sa grossesse le long des allées du jardin ; elle s'asseyait seule sous la tonnelle : elle fuyait la compagnie, même celle de sa sœur. Elle pensait à Félix et gardait sa photo dans la main jour et nuit ; c'est pourquoi sans doute elle ne figure pas dans l'album de famille, toute fripée et mouillée de larmes qu'elle a dû être. En outre, pour les Sainte Opportune, le jeune soldat ne méritait pas de prendre place parmi les respectables personnages collés dans les fenêtres entourées d'or.

Valentine essayait de soutenir sa sœur, chez laquelle elle n'eût pas supposé tant d'énergie, voire d'entêtement. La douce Adèle s'était changée en une jeune femme déterminée, sûre de sa volonté, et n'éprouvant que mépris pour sa famille conventionnelle et rigoriste.

Jean Colleau avait été mis dans le secret par Valentine. Plein de dévouement, il alla jusqu'à proposer d'épouser Adèle et d'endosser la paternité du marmot, pour l'amour de Valentine et des siens. Les Sainte Opportune entrevirent une planche de salut, qu'ils durent vite abandonner; Adèle ne voulait d'autre père pour son enfant que Félix Merlette. Elle rit au nez de Jean Colleau et le renvoya à son idylle avec sa sœur.

Et c'était vrai que peu à peu le charme et les prévenances de Jean Colleau étaient venus à bout des réticences de Valentine, qu'elle lui abandonnait sa main, puis son bras jusqu'au coude, puis tolérait qu'il défît son corsage.

Elle pensait toujours à Gaston cependant, et aussi à cette Mathilde dont elle ne savait rien mais imaginait tout. Elle se disait qu'elle aussi avait le droit de prendre plaisir à séduire. Ainsi se retrouva-t-elle sans l'avoir vraiment voulu près de lui dans sa couche de jeune fille. Elle se dit qu'elle était une femme adultère; elle se répétait : j'ai un amant. Elle n'en éprouvait pas de remords, seulement de la satisfaction.

Si elle aimait Jean Colleau, elle ne le savait pas elle-même. Il lui plaisait, il était bon et doux, et elle n'aimait plus Gaston.

Ainsi ces deux jeunes femmes élevées selon des principes sévères par une famille rigoriste trahissaient, chacune à sa manière, l'éducation qu'on leur avait donnée.

Il est vrai qu'on était à la fin de la guerre,

que bien des valeurs changeaient, que les jeunes ne ressemblaient plus aux fils et aux filles de Césarine qui avait toujours prétendu – c'était devenu une citation dans la famille – qu'elle tuerait ses enfants de ses propres mains si l'un d'eux venait à manquer à la morale.

A cause de la mobilisation, les femmes avaient pris le relais des hommes dans bien des domaines ; elles travaillaient dans les usines à la campagne. Elles avaient acquis une autorité, une indépendance nouvelles, une liberté de mœurs aussi que les personnes d'âge réprouvaient. Elles avaient raccourci leurs jupes, elles s'affirmaient, revendiquaient des droits.

Chez les Sainte Opportune, îlot privilégié parmi ce qu'ils appelaient le désordre, les choses avaient changé aussi, quoi qu'ils en eussent pensé : Adèle attendait un enfant sans avoir de mari, et Valentine, bien qu'elle s'en cachât encore, avait pris un amant. Les vieilles valeurs mouraient. La guerre n'était pas finie, mais elle allait vers sa conclusion, et la défaite de l'Allemagne n'était plus qu'une question de mois.

Valentine ne recevait plus de nouvelles de Gaston. Longtemps elle avait vécu suspendue à l'arrivée du facteur qu'elle attendait à la grille du jardin, sans lui laisser le temps d'aller jusqu'à la cuisine où la domestique lui offrait son café matinal. A présent elle s'enquérait à peine : Il y a une lettre pour moi ? Mais Gaston n'écrivait plus.

On était à la fin de l'été, la température était douce et le soleil étalait de grandes flaques jaunes et mouvantes sous les arbres. Les rosiers remontants fleurissaient encore, et leur seconde floraison était plus belle et plus fournie encore que la première. Valentine portait une robe de mousseline blanche ornée d'une berthe à petits plis qui dégageait son cou mince toujours entouré du collier de perles à plusieurs rangs qu'elle aimait. Elle faisait tourner son ombrelle dont la bordure de dentelle frissonnait. Elle s'asseyait avec Jean Colleau sous la tonnelle, les images revenaient de ses soirées près de Gaston ; elle éprouvait à la fois des remords et une espèce de jouissance, celle que donne le goût du fruit défendu.

Jean Colleau lui baisait le bout des doigts ; il lui récitait des vers dont certains étaient de sa composition. Valentine oubliait hier, refusait de penser à demain.

Henri et Marie ne voyaient pas d'un bon œil ces apartés. Mais Valentine était une femme ; et Jean Colleau avait l'air si convenable. Comment auraient-ils deviné que parfois, le soir, il se glissait dans la chambre de Valentine ?

Quand la lettre arriva qui annonçait que Gaston avait été grièvement blessé et qu'on l'avait évacué vers l'hôpital de Chamalières, ce fut pour tous comme un coup de tonnerre. Valentine vit dans cette nouvelle comme une punition du ciel pour son infidélité. Elle se sentit coupable, elle pleura beaucoup, elle s'enferma dans sa chambre et refusa de recevoir Jean Colleau. Sa famille pensait qu'elle pleurait sur le sort de Gaston, elle, elle savait qu'elle payait sa faute. A qui eût-elle pu en parler ? Ses parents ne pouvaient comprendre, sa sœur Adèle, repliée sur son chagrin, était devenue indifférente à tout ce qui ne concernait pas son deuil et sa grossesse... Elle sanglotait seule, elle déchirait son mouchoir, elle ne mangeait plus.

Elle décida de se rendre au chevet de Gaston ; mais pour elle qui avait si peu voyagé, s'en aller jusqu'en Auvergne représentait une insurmontable épreuve. Henri s'offrit à l'accompagner, elle accepta avec reconnaissance.

Ils préparèrent un léger bagage et ils montèrent dans la diligence. Valentine avait revêtu une robe noire, comme si déjà elle avait porté le deuil de son mari. La gare du chemin de fer était pleine de fracas, de cris, d'appels. Ils trouvèrent une place dans un compartiment bondé. Les yeux de Valentine étaient rouges, autant à cause de son chagrin que des escarbilles qu'elle recevait sans oser demander qu'on fermât la fenêtre du wagon. Ils durent changer plusieurs fois de train, dans des gares inconnues où se pressait une foule criarde. Des militaires excités chantaient et buvaient du vin rouge, trinquaient à la victoire. Valentine serrait son mouchoir contre sa bouche, écœurée, pâle au point que son père avait peur de la voir défaillir.

Derrière les vitres le paysage changeait ; il y

avait longtemps que la sécheresse du Midi et les rangées de vignes avaient disparu. De grands arbres, des vallées riches, des prairies passaient. La guerre n'était pas venue jusque-là, comme elle n'avait pas atteint le Sud, où les restrictions alimentaires même n'avaient été que symboliques. Mais, parfois, des détachements de militaires longeaient le train. Et des blessés pâles, étendus sur des civières, couverts de pansements maculés de sang, ouvraient sur ce qui les entourait un regard vague, comme perdu dans un autre monde. Valentine pensait à Gaston, elle oubliait qu'il l'avait fait souffrir, elle priait pour lui en silence.

Il y eut des bois de sapins, sombres, funèbres, qui formaient de chaque côté de la voie ferrée une forêt opaque.

Enfin ils arrivèrent le soir dans une gare encombrée. Comme ils n'avaient ni mangé, ni dormi, Valentine et Henri étaient épuisés. Il était trop tard pour se rendre à l'hôpital. Ils s'allongèrent sur des banquettes de moleskine dans la salle d'attente et ils s'endormirent jusqu'à l'aurore.

La dernière photo d'Adèle figure vers la fin de l'album. Elle n'a pas été dérangée, elle est bien placée dans son cadre entouré d'or. Elle représente une jeune femme à l'air maladif. Ses yeux clairs sont profondément enfoncés dans leurs orbites. Sa chevelure maigre est relevée, mousse un peu sur le devant, comme si quelqu'un avait essayé de lui donner du volume sans y parvenir. Elle porte encore les petites boucles d'or à ses oreilles. Sa bouche est triste. Elle semble regarder au loin. Elle est toute vêtue de blanc, jusqu'à la taille, qui se perd dans un flou voulu par le photographe. Adèle était-elle encore enceinte, ou avait-elle déjà accouché ?

Elle n'avait pas voulu s'en aller chez des amis, à la campagne. Elle se moquait des ragots. Elle avait refusé de voir son enfant adopter par Valentine. C'était son enfant et celui de Félix, dont il ne porterait jamais le nom puisque le jeune homme n'avait pas même su qu'il devait être père.

Pour Marie et Henri, pour l'oncle Augustin, c'était le déshonneur qui s'abattait sur la famille. Mais on ne pouvait vaincre la volonté d'Adèle.

Elle errait dans le jardin, enveloppée de vêtements amples, un peu hagarde, le regard perdu. Parfois elle s'asseyait sous la tonnelle de roses, elle relisait la dernière lettre de Félix. Elle ne quittait plus le médaillon qu'il lui avait donné. Comme elle mangeait à peine, elle avait maigri. Valentine essayait de lui dire qu'elle devait se nourrir, pour son petit. Elle secouait la tête, avalait un bol de bouillon, retombait dans sa mélancolie.

Comme les visiteurs, curieux, malintentionnés peut-être, venaient nombreux, Adèle se confinait souvent dans sa chambre. Assise devant la fenêtre elle regardait sans les voir les grands arbres, les feuilles qui déjà jonchaient la pelouse. Elle savait qu'on parlait d'elle dans le salon, que Marie tamponnait ses yeux rougis, que ses amies lui tenaient les mains. Elle s'en moquait. Elle attendait son heure.

L'officier de santé venait la voir, constatait que sa grossesse se passait bien, lui disait quelques mots qu'il voulait de commisération, qui n'étaient que maladroits.

Adèle accoucha une nuit, dans sa chambre de jeune fille. Les douleurs avaient commencé pendant le repas du soir. Puis la jeune femme, honteuse comme d'une incongruité, avait perdu les eaux. On l'emporta chez elle, on l'étendit dans le lit, on appela l'officier de santé et une femme du village qui avait présidé à maintes naissances. Adèle souffrait, serrait les dents, ne criait pas. « Crie, ma petite, crie, cela te fera du bien », disait la commère. Adèle roulait sa tête sur l'oreiller mouillé de sueur, elle se mordait les lèvres jusqu'au sang. Elle luttait en silence contre la douleur insupportable qui la déchirait. Cela dura longtemps : l'enfant était gros, il avait du mal à sortir de ce ventre distendu, torturé. La servante apportait des bassines d'eau fumante, Marie, oubliant sa honte et ses rancœurs, ne voyait plus que sa fille souffrante, priait pour elle, voulait de tout son cœur la soulager.

L'aube pointait quand l'enfant parut enfin. L'officier de santé poussa un cri de victoire. La commère s'essuya les mains qu'elle avait rouges et sanglantes. Elle emporta le petit. Adèle, épuisée, se laissa aller contre son oreiller et s'endormit.

Valentine était dans la chambre voisine. Ou bien elle était déjà partie pour son long voyage vers Gaston.

L'enfant geignait doucement dans le berceau d'osier où on l'avait couché. C'était un petit garçon. La famille était silencieuse, comme abasourdie. L'oncle Augustin accusait le malheur des temps, le désordre créé par la guerre.

Elle finissait pourtant, la guerre. Les armées allemandes fuyaient, l'armistice était proche.

Mais cette période de quatre années avait laissé des traces ineffaçables, et surtout la liste de morts... les deuils dans tant de familles qui avaient été heureuses. Chez les Sainte Opportune cette fille partie au loin, au chevet de son mari dont on ne connaissait pas les blessures, et dans son berceau d'osier ce petit bâtard, le fils illégitime d'Adèle et du soldat Merlette.

Adèle ne se levait que pour s'occuper de son enfant. Le reste du temps, pâle, les joues creuses, elle reposait sa tête sur son oreiller bordé de dentelles, elle rêvait, ou elle pleurait.

Elle fit un effort pour se lever le jour du baptême de son fils. Elle s'habilla, sa robe flottait autour de sa taille amaigrie.

Marie aurait voulu attendre pour procéder à la cérémonie le retour de Valentine et d'Henri, de Gaston peut-être. Mais Adèle était pressée de baptiser son fils. Ils allèrent à l'église. Le petit portait la robe blanche qui avait été celle de sa mère autrefois ; c'était une robe longue de percale fine, bordée autour du cou, aux poignets et au bas de volants brodés et d'entre-deux de dentelle.

Marie portait l'enfant : Adèle lui avait demandé d'être la marraine. Et c'était Jean Colleau qui faisait office de parrain. Il y avait peu de monde dans l'église, quelques rares invités, et les habituels badauds. Ils attendaient qu'on jetât des dragées, ou des sous, selon la coutume, mais on n'en jeta pas.

Adèle avait repris son fils dans ses bras, elle monta dans la calèche sans regarder personne. Elle avait voulu qu'on prénommât le petit garçon Félix, comme son père. Ainsi y avait-il encore un Félix dans sa vie.

Une lettre d'Henri vint enfin donner quelques nouvelles ; elle ne disait que l'essentiel : Gaston avait perdu une jambe au combat ; il viendrait passer sa convalescence dans la vieille maison. De Valentine, de leur long voyage et de leurs émotions, il n'était pas question. Ni de la date à laquelle il fallait les attendre.

On attendit. Chaque jour Marie se postait à

la grille, guettait la diligence. Adèle demeurait indifférente. Le petit Félix se portait bien et tétait goulûment, on eût dit qu'il se nourrissait des dernières forces de sa mère.

On avait enfin signé l'armistice, la joie éclata dans le village ; seules les maisons qui pleuraient un fils avaient omis d'attacher un drapeau à leur fenêtre. Monsieur le Maire fit un discours, juché sur une estrade. La musique joua, on sonna les cloches. Ce fut ce jour que choisirent Henri, Gaston et Valentine pour revenir.

Comme on ne les attendait pas, il n'y avait personne à la grille. Henri marchait devant. Valentine, pâle, vêtue de noir, poussait le fauteuil roulant sur lequel s'affalait Gaston. Ils arrivèrent jusqu'à la terrasse, cortège triste qu'Adèle regarda de sa fenêtre. On monta le fauteuil, Marie s'affairait. Les domestiques apportèrent des boissons. Gaston n'avait pas parlé. Il se laissa aller à prononcer quelques injures, puis il annonça qu'il voulait se coucher.

Quand Valentine eut fini de le border elle s'effondra en larmes. Alors seulement Adèle fit l'effort de descendre du premier étage son enfant sur le bras, et elle la serra contre elle.

Les jours passèrent. Vint l'hiver. On alluma du feu dans la cheminée du salon. Gaston s'essayait maladroitement à marcher avec des cannes, soutenu par Valentine qui ne quittait plus ses robes sombres. Elle ne pleurait pas, mais elle ne souriait jamais. Des visiteurs venaient nombreux. Gaston fut rayé des cadres de l'armée, obtint avec une retraite le ruban de la Légion d'honneur. Il disait en ricanant que pour l'heure il était un héros, mais que bientôt il ne serait plus qu'un infirme.

Il avait exigé qu'on le laissât seul dans sa chambre ; Valentine retrouva sa couche de jeune fille, près de la pièce qu'occupaient Adèle et le petit Félix. Quand les deux sœurs se retrouvaient elles avaient peu de chose à se dire. Adèle assurait qu'elle eût préféré garder Félix infirme plutôt que de le savoir disparu à jamais. Valentine se prenait à regretter le temps où Gaston virevoltait autour des jeunes femmes. Il ne danserait plus, il ne ferait plus de conquêtes. Était-ce elle qui avait été punie de son infidélité, ou bien Gaston qui avait trop voulu jouir de la vie? Adèle assurait qu'il n'y avait de punition pour personne, que la vie était ainsi et qu'il ne fallait pas chercher au-delà.

J'ai fait tomber l'album. Les photos se sont de nouveau dispersées. Seuls sont restés, immuables, les portraits de Gaston en beau militaire, sûr de lui, son sabre au creux du bras. Pourquoi en ai-je fait un mutilé de guerre ? Il est possible, après tout, qu'il ait indemne traversé la tourmente, et qu'il ait continué de mener sa vie frivole. Il a peut-être un jour été nommé général, il a peut-être continué de faire souffrir Valentine dans les diverses garnisons où on l'a affecté. Je crois seulement que je ne l'aime pas, et que mon antipathie a fait de lui cette moitié d'homme condamné à se déplacer dans un fauteuil roulant. Je me venge de lui, de son air avantageux. Je venge la douceur, l'ingénuité de Valentine qui a découvert un soir de bal, à cause de sa belle-sœur et d'une robe de satin jaune, l'enfer de la jalousie.

Le petit Félix se portait bien. On le voit bébé engoncé dans des dentelles. Ou alors petit homme déjà, vêtu de velours sombre à parements de lingerie blanche, les cheveux coupés en frange sur le front, le chapeau breton en arrière; Adèle était déjà morte quand ces images ont été prises. Il était déjà orphelin.

Elle avait eu froid un soir de cet hiver 1918, quand la brise soufflait sur le jardin dégarni. Valentine l'y avait entraînée, pour lui faire prendre l'air, disait-elle, et parce qu'elle ne sortait jamais. Adèle se mit à tousser; Marie dit qu'elle devait avoir attrapé un rhume, et gourmanda ses filles d'être sorties dans le mauvais temps. Valentine apporta une tisane à sa sœur, sûre que le lendemain il n'y paraîtrait plus.

Mais Adèle continua à tousser. On fit venir l'officier de santé, qui diagnostiqua une bronchite. Adèle refusa de garder le lit : elle tenait à s'occuper elle-même de Félix.

Les jours suivants, Adèle eut de la fièvre, une fièvre qui ne cessa de monter. Elle toussait de plus en plus. Alarmés, Marie et Henri appelèrent un médecin de la ville voisine ; il se montra pessimiste, il dit que la malade était maigre, très faible, et que ses poumons devaient être atteints. A mots couverts, il évoqua la tuberculose. Adèle dut aller se faire examiner dans un hôpital ; le voyage fut long et pénible ; Adèle ne cessait de pleurer en pensant à son enfant qu'elle avait dû abandonner. L'examen justifia les craintes du médecin : le poumon droit était gravement atteint, le gauche ne valait guère mieux. Le seul espoir, assez mince, était d'envoyer la jeune femme à la montagne, dans un sanatorium. Mais nul ne put la décider à quitter Félix. Elle resterait dans la maison, elle promettait tout ce qu'on voulait, de bien manger, de se couvrir, de boire toutes les médecines qu'on lui ordonnerait. Le docteur n'insista pas : pour lui, il était déjà trop tard.

Ainsi passèrent les jours. Gaston avait renoncé à se servir de cannes et se laissait promener comme un enfant, tout en maugréant au moindre cahot du chemin. Valentine s'était faite sa servante, acceptant les rebuffades sans mot dire. Adèle toussait et son mouchoir se tachait de rouge. On finit par lui interdire de s'occuper de Félix, pour éviter de le contaminer. Alors elle sombra dans une espèce de léthargie désespérée et elle refusa tous les soins. Elle mourut au printemps. Allongée dans son lit étroit de jeune fille elle était déchirée par des quintes de toux qui la laissaient pantelante, les yeux clos sous ses paupières mauves. Il y avait du sang sur sa chemise. Marie et Valentine l'entouraient, guettaient sa respiration haletante qui se faisait de plus en plus difficile, qui cessait, puis reprenait, accompagnée d'une sorte de râle déchirant. Valentine essayait de la relever sur son oreiller, mais sa tête était lourde, ses pauvres cheveux maigres lui faisaient une auréole de martyre. Marie tentait de lui faire boire du bouillon, comme toute mère qui croit que la nourriture peut tout. Mais on ne pouvait plus rien pour Adèle qui mourait avec des crises d'étouffements, des gémissements, et ces filets de sang qui coulaient de sa bouche sur sa poitrine, tachaient la chemise virginale en se mêlant aux dentelles et aux petits plis.

La dernière photo d'Adèle, pâle et décharnée, à la maigre chevelure, me touche plus que toutes les images du vieil album. Elle me rappelle des souvenirs que je ne peux ni ne veux oublier. C'est le portrait d'une femme parvenue au bout de sa vie et qui regarde venir la mort de ses yeux clairs enfoncés dans les creux d'ombre. Et le fait qu'elle ait gardé ses boucles d'oreilles d'enfant, les petites boules d'or, est plus émouvant que tout.

Est-ce que je regrette d'avoir mutilé Gaston, d'avoir réduit la belle Valentine à l'état de nurse d'un infirme ? Peut-être d'ailleurs a-t-elle trouvé quelque compensation dans l'amitié de Jean Colleau ?

Le petit Félix ne porterait jamais le nom de son père. A-t-il été un enfant heureux ou un bâtard mal aimé ? Lui seul, puisqu'il s'est appelé comme sa mère, a perpétué la famille Sainte Opportune.

Est-ce lui, ou l'un de ses descendants qui a mis à l'encan le vieil album ? A part l'image d'Adèle mourante, il n'avait rien à faire de cette famille qui avait rejeté le soldat Merlette.

Il vit peut-être encore ; se reconnaît-il dans cette histoire qui n'est qu'une légende ?

Cet ouvrage a été réalisé par la
SOCIÉTÉ NOUVELLE FIRMIN-DIDOT
Mesnil-sur-l'Estrée
pour le compte des Éditions Grasset
en décembre 1994

Imprimé en France
Dépôt légal : décembre 1994
N° d'édition : 9616 – N° d'impression : 28480
ISBN : 2-246-50481-3